编委会主任	肖玉文
编委会副主任	樊三宝　黄清玉　熊志刚　万　敏
	宋亮生　谢为民　薛有旺　黄小华
	魏宏平　谭伯乐　徐　峰
编　　委	赵晓毛　罗　平　邱　胜　杨先国
	徐　强　左　辉　衣　萍　况胜秀
	杨晓辉　江文升
主　　编	肖玉文
副　主　编	樊三宝　徐　峰　赵晓毛　刘绍友
	户才斌
责任编辑	周伟平
编　　辑	熊希锐　姜　洋

身边的感动

"兴家风、淳民风、正社风"
2024年度南昌市榜样人物

主编 肖玉文

·南昌·

图书在版编目（CIP）数据

身边的感动. "兴家风、淳民风、正社风" 2024年度南昌市榜样人物 / 肖玉文主编. -- 南昌：江西人民出版社，2025.6. -- ISBN 978-7-210-16669-6

Ⅰ. D648

中国国家版本馆 CIP 数据核字第 2025CF3416 号

身边的感动
——"兴家风、淳民风、正社风" 2024年度南昌市榜样人物　　肖玉文　主编

SHENBIAN DE GANDONG
—— "XING JIAFENG、CHUN MINFENG、ZHENG SHEFENG" 2024 NIANDU NANCHANG SHI BANGYANG RENWU

责 任 编 辑：周伟平
封 面 设 计：同异文化传媒

 出版发行

| 地　　　　址：江西省南昌市东湖区三经路 47 号附 1 号（邮编：330006）
| 网　　　　址：www.jxpph.com
| 电 子 信 箱：jxpph@tom.com
| 编辑部电话：0791-86898054
| 发行部电话：0791-86898815
| 承　印　厂：江西省和平印务有限公司
| 经　　　　销：各地新华书店

| 开　　本：787 毫米 × 1092 毫米　1/16
| 印　　张：8.5
| 字　　数：120 千字
| 版　　次：2025 年 6 月第 1 版
| 印　　次：2025 年 6 月第 1 次印刷
| 书　　号：ISBN 978-7-210-16669-6
| 定　　价：26.00 元

赣版权登字-01-2025-482

版权所有　侵权必究

赣人版图书凡属印刷、装订错误，请随时与江西人民出版社联系调换。
服务电话：0791-86898820

序

榜样是人格化的价值观、看得见的正能量,具有示范引领、化风成俗的强大力量。习近平总书记指出:"我们要建设的社会主义现代化强国,不仅要在物质上强,更要在精神上强。精神上强,才是更持久、更深沉、更有力量的。"自2015年以来,南昌市广泛开展"兴家风、淳民风、正社风"榜样人物推荐活动,一大批立得住、叫得响、传得开的榜样人物,用实际行动践行社会主义核心价值观,弘扬中华民族的传统美德。

十年来,南昌市"三风"榜样人物已成为南昌市精神文明建设的重要品牌,他们的事迹宛如一盏盏明灯,照亮人们的心灵,成为激励人们向上向善的强大力量。他们的事迹传遍大街小巷，为南昌注入源源不断的正能量，引导人们学习优秀榜样的价值取向和道德追求，不断推动全社会形成良好的道德风尚。

《身边的感动——"兴家风、淳民风、正社风"2024年度南昌市榜样人物》以细腻的笔触勾勒出20位"三风"榜样人物的先进事迹。其中有独担整个家庭重担的试飞员遗属任丛英，争做红色故事传承人的退役老兵李友刚，即便面瘫也坚持扎根雨污管网治理一线的陈惠民，着力维护弱势群体利益的"活法典"刘向的，等等。每一个名字的背后都是一段感人的故事，每一份坚守都在传承美好的品德。他们虽来自各行各业，却都以平凡之躯书写非凡篇章，用点滴善行汇聚成温暖的洪流，用一个个真实而感人的故事，诠释了家风、民风、社风的深刻内涵。

在《身边的感动——"兴家风、淳民风、正社风"2024年度南昌市榜样人物》中，我们将一同走进这些温暖的故事，去感受那些触动心灵的瞬间，让感动在我们的心中流淌，让爱与善良在我们的生活中传递。希望这些故事能像一束光，照亮我们的内心，让我们更加珍惜身边的人、身边的事，用爱去拥抱生活，用行动去传递温暖，在平凡的工作岗位上努力奋斗，为南昌加快实施省会引领战略、高质量发展筑牢坚实精神根基，做出力所能及的贡献。

南昌市政协党组书记、主席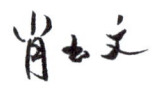

2025年5月

目录 contents

桑榆未晚守水土一方　巡林护鸟佑雁鹬齐飞
　　——记"三风"榜样人物万承寿 ………………………… 2

三尺讲台育桃李　一粥一饭显师恩
　　——记"三风"榜样人物燕裕玲 ………………………… 8

从"最可爱的人"到"最有爱的人"
　　——记"三风"榜样人物李友刚 ………………………… 15

精准把脉居民需求　热心公益传递正能量
　　——记"三风"榜样人物史子彪 ………………………… 22

14年坚持志愿服务　践行红十字精神
　　——记"三风"榜样人物林小红 ………………………… 30

柔肩独担整个家　孝老爱亲传佳话
　　——记"三风"榜样人物任丛英 ………………………… 36

无声孤岛外奏响家风华章
　　——记"三风"榜样人物秦爱民 ………………………… 41

做留守儿童的温暖守护者
　　——记"三风"榜样人物蔡文琼 ………………………… 46

见"微"知著暖人心　真抓实干好书记
　　——记"三风"榜样人物李璇 ………………………… 53
管网"活地图"　防汛"排头兵"
　　——记"三风"榜样人物陈惠民 ……………………… 59
英雄本色映初心　平凡善举铸丰碑
　　——记"三风"榜样人物李国根 ……………………… 65
大山深处杏林暖　医者仁心情满乡
　　——记"三风"榜样人物曹和槐 ……………………… 71
大道匠心：一名退伍老兵的公路人生
　　——记"三风"榜样人物施高峰 ……………………… 78
践行司法为民初心　以"检察蓝"守护公平正义
　　——记"三风"榜样人物刘向的 ……………………… 85
23载不言苦　"长嫂如母"扬家风
　　——记"三风"榜样人物季松英 ……………………… 92
绕指柔化百炼钢　"铿锵玫瑰"警上添"花"
　　——记"三风"榜样人物朱金花 ……………………… 98
以身作则传家风　携手共育"向阳花"
　　——记"三风"榜样人物万浪标 ……………………… 103
用爱赋能伴成长　潜心执教育未来
　　——记"三风"榜样人物黄茜 ………………………… 108
23载坚守初心　大爱无疆绽放芳华
　　——记"三风"榜样人物袁承英 ……………………… 114
爱岗敬业护万家灯火　三进火场显"蓝焰"担当
　　——记"三风"榜样人物应强 ………………………… 121

后记 ……………………………………………………………… 127

万承寿

致敬词

从一片荒山地到树木变成林，老百姓的乡愁，你绘出新图景。

桑榆未晚守水土一方　巡林护鸟佑雁鹋齐飞
——记"三风"榜样人物万承寿

万承寿，男，1947年出生，中共党员，南昌县幽兰镇园艺场村民、护林员。他用几十年的时间践行着对家乡的深情与承诺，用实际行动诠释着一名共产党员的初心与使命。

"我生在园艺场，长在园艺场，这片土地养育了我，守护它就是我的初心和使命！"万承寿说。退伍后，他本可以分配到城市成为一名产业工人，但他怀揣着对家乡的深深眷恋与责任，毅然选择返乡。年轻时，他带领村民开拓荒山、种植果树、发展产业，帮助村民增收致富，村民人均收入从1800元增长到16000元；退休后，他服务群众，加入"五彩"党群服务队，为群众办实事200余件。扎根乡村50余年来，护林防火、巡护候鸟、服务家乡，万承寿用自己的实际行动践行着党员的使命与担当，让当地的绿水青山多了一抹亮丽的色彩。

16载守护山林，贵在笃行不息

"注意防火，不要吸烟……"万承寿退休后担任了南昌县幽兰镇园艺场的护林员，主要负责日常防火巡护工作。在他眼里，园艺场是个美丽的地方。他深知，对园艺场的发展来说，生态保护是第一位的，保得住青山绿水，才能让更多人共享。他说："这里的一草一木我都非常熟悉，我要担负起守护它们的重任。"

幽兰镇园艺场面积共计5000余亩，其中48亩的生态林为重点防护区，森林防火任务艰巨。每天早晨6点起床，万承寿简单洗漱、吃饭后，就拿上灭火器和小喇叭出门巡查了。每逢清明、冬至等森林防火的重要时段或者天气炎热干燥时期，万承寿还会加强防范。他介绍道："特殊时期每天的巡查增加到两到三次，一天下来要花费8个小时左右，往返路程达3万余步。"

劝导上山祭祖的村民时，万承寿态度坚决又有耐心。由于他细心负责的工作态度，在巡护期间，万承寿制止林中烧草、烧纸钱、吸烟等易引发火灾的行为几十起，大大避免了违规用火行为引发的森林火情火灾，最大限度地降低了火情发生率。16年来，万承寿不惧严寒酷暑，用汗水和脚步丈量"两小时打防圈"，累计行程百万公里，无一例重大火灾情况发生，全面筑牢森林"防火墙"，成为千亩山林里最美的风景。

常年巡护候鸟，成在持之以恒

"我每年冬天都来幽兰观鸟，这里的环境一年比一年好，候鸟也多了很多！"游客赞不绝口。幽兰镇境内的马游山和青岚湖的自然风景融为一体，马游山和青岚湖正是鸟类的栖息地，每年都会吸引上百种珍稀鸟类到此栖息。

为了维护生态环境，保护候鸟，开展防火巡查的同时，万承寿每天都

会连带巡护候鸟栖息地。每年10月到次年3月是候鸟保护工作最繁重的时间段。"候鸟来了，我就会多跑几趟。"哪些地方鸟群聚集，万承寿心里"门清"。只要他吹响一声特殊的哨音，候鸟便会向他"靠拢"。游客被他多年如一日保护自然守护候鸟的精神所感动。

其实保护候鸟并不属于万承寿的职责范围。由于政府对候鸟保护工作一直很重视，近年来，保护候鸟和爱护生态环境的观念越来越深入人心，万承寿深受感染，开始自发义务巡护候鸟栖息地。他积极向周边群众宣传野生动物保护法律法规，协助相关部门开展污水处理工作，组织志愿者持续清理河道垃圾，收缴捕鸟"天网"，等等。近年来，他开展爱鸟护鸟普法宣讲500余场，发放宣传资料3万余份，张贴宣传标语2000多条。在他的努力下，近年来，沿湖环境越来越好，人民群众护鸟意识逐步增强，护鸟机制逐步健全，越来越多的候鸟选择停留在当地觅食、休憩。来过冬的候鸟数量从原来的 2 万余只增加到现在的 3 万余只。小天鹅、白鹭、灰鹭、金丝鸟、斑鸠……看着鸟儿们时而站立枝头，时而在天空盘旋，发出悦耳动听的鸣叫，万承寿心里很是欣慰。

坚定党员初心　奉献家乡人民

走进园艺场老年人活动中心，只见十几个老人正整整齐齐地坐在大屏幕前看电视，另一边桌旁老人们围坐在一起下棋，万承寿忙碌在老人们身边，一会儿帮忙调节音量，一会儿清扫地面。巡护工作之余，万承寿总会来到这里帮忙做些事情。

村里老年人数量多，为了让村里的老年人老有所乐，丰富老年人的日常生活，2018 年在村里计划打造老年人活动中心之际，万承寿义务承担起为此项目筹集资金的责任。他走家串户，向村里的乡贤、能人筹集资金共计 180 多万元。耗时 3 年，老年人活动中心终于建设完成，现在每天都有老年人来这里娱乐，还时不时会有志愿者来这里开展志愿服务活动。老年人

活动中心活动丰富,村里的老人们都爱来这里坐坐,这里总是洋溢着一片温馨和睦的氛围。老年人活动中心的日常管理及维护由包括万承寿在内的4个村民义务负责,万承寿有空就会来这里,整理书籍、打扫卫生,给老人们播放电视剧,和老人们拉拉家常。这些点点滴滴的善举大家都看在眼里、记在心里,每次提到万承寿,大家都赞不绝口。但万承寿总说:"我是一名老党员,能做些力所能及的事我也很开心。"

8年的军旅生涯铸就了万承寿的坚毅,54年的党龄沉淀塑造了万承寿的担当。巡林防火的日子虽然孤独,但万承寿却甘之如饴。他相信,只要坚守岗位、认真履职,就能减少火灾风险,保护迁徙的候鸟,守护一方水土。万承寿用自己的脚步和汗水,诠释着对大自然的敬畏与责任,用真心与信仰,书写着对家乡这片土地和人民的热爱。

燕裕玲

致敬词

寒来暑往，风雪骄阳，你呵护留守儿童的幸福成长。

三尺讲台育桃李　一粥一饭显师恩
——记"三风"榜样人物燕裕玲

燕裕玲，女，1977年出生，中共党员，现为进贤县文港镇中心小学副校长。自1997年参加工作以来，她扎根农村，默默耕耘，无私奉献，已在乡村教育的岗位上坚守了27个春秋。

27年来，燕裕玲始终坚守初心，以校为家，奋战在教学第一线。她师德高尚，秉持"四心"（爱心、细心、耐心、恒心）教育工作法，模范履行教师职责。她热爱学生、团结同事、忘我工作，尤其在开展"周末课堂"志愿服务活动中，将全镇困难的留守儿童集中起来，每周六无偿为他们辅导功课，给予他们润物细无声的长期关爱，这份坚持与付出赢得了社会各界的广泛赞誉。

燕裕玲为乡村教育事业倾尽心血，她的奉献精神和教育情怀得到了社会各界的高度认可。在平凡的岗位上，她取得了诸多优异的成绩：荣获南昌市十佳班主任、南昌市十佳最美教师、进贤县优秀班主任、进贤县优秀教育工作者、进贤县关爱留守儿童先进个人等荣誉，并于2024年第一季度被评为"南昌好人"。

崇尚亦师亦友，关心学生冷暖

植根于爱的土壤，教育之树才能结出丰硕的果实。燕裕玲是一位深受学生喜爱、家长信任的好老师，她总是用最真诚的爱去关心和教育学生。在工作中，她坚持用"四心"教育工作法开展教学：以爱心真心实意地关爱每一个学生；以细心认真了解每个学生的特点；以耐心达到不厌其烦的程度，做好反复做思想工作的心理准备；以恒心将对"特殊生"的帮助转化工作坚持到底，不见成效决不罢休。

在班级教学管理中，燕裕玲扮演了多重角色：传授知识时，她是循循善诱的老师；关心疾苦时，她是无微不至的慈母；生活交往中，她是心心相印的朋友；学生违反纪律时，她是对症下药的"医生"。

学生邹小小（化名）家庭经济困难，燕裕玲每学期都为她购买学习用品，甚至添购衣服。多年后，燕裕玲在青海偶遇了这个孩子，她热情招待了燕裕玲好几天，句句念叨着燕老师的恩情。学生邹升腾（化名）很小就失去了父母，由奶奶照顾。一次，他因玩手机被奶奶责骂，竟哭着要离家出走。奶奶无奈之下打通了燕裕玲的电话。赶到后，燕裕玲看到奶奶正抓着号啕大哭的孙子。奶奶伤心地说："你没有爸妈，还这么不听话，叫我怎么活啊？"燕裕玲动情地说："没有妈，我来当你干妈！"话音刚落，孩子终于松开手，扑到燕裕玲的怀里放声大哭。

2015年，班上转来了一个外地学生张小仲（化名），他脖子上有黑圈，同学们都不愿和他坐在一起。燕裕玲了解到他还有一个弟弟在读三年级，便经常把兄弟俩带回家洗澡，还为他们购买袜子。通过了解他们的生活习惯，燕裕玲有的放矢地引导他们快速融入班集体。

单亲孩子吴皓天（化名）性格怪异，书本总是撒一地。燕裕玲让他数一数地面上有多少本书，并叮嘱他每天让地面上的书少一些。渐渐地，效果显现了。燕裕玲问他："你看，今天地面上有没有少一本书啊？现在没有书撒在地上了吧？"面对这样任性的孩子，燕裕玲没有严厉斥责，而是通过循序渐进的引导，改变他的不良习惯。

燕裕玲从不放弃任何一个学生。班上有一个智力不如常人的学生彭丰宾（化名），燕裕玲总是耐心地教他写名字，又教他写外婆的电话号码，以防走失。一个学期下来，通过几百次的反复练习和引导，彭丰宾终于学会写名字和外婆的电话号码了。

课堂上，燕裕玲采用鼓励式教学激励学生学习。无论哪个学生有进步，她都会抓住时机加以鼓励，将学生现在的成绩与原先的成绩对比，激发学生的学习动力。对于行为异常的孩子，燕裕玲总是换位思考，多给他们一些时间，让他们慢慢变得更优秀。2024年"六一"期间，燕裕玲创新开展了红色教育进课堂活动，通过丰富多彩的形式，持续加强青少年爱国主义教育，让红色种子在孩子们心中生根发芽，勉励孩子们奋发图强、刻苦学习、成长成才。

课堂之外，燕裕玲是学生的好伙伴、好朋友。学生遇到生活或学习上的困难，她都会尽力帮助他们克服。她经常利用课余时间与学生交流，多方面了解他们的生活、学习和心理状况。班上有一个叫军军（化名）的学生，父母离异，父亲对他不管不问，他只好跟随爷爷奶奶一起生活。家里生活条件不好，又常被同学欺负，因此他总是沉默寡言。燕裕玲看在眼里，疼在心上，总是给予他更多的关心，及时了解他的困难，多次找欺负他的学生谈话，积极表扬帮助他的同学。军军慢慢感受到了温暖，性格孤僻的他渐渐愿意与人交流了。

践行志愿服务，关爱留守儿童

燕裕玲在农村长大，亲身经历了困苦的生活，因此特别关心家庭困难的学生，从多方面给予他们温暖的关怀。只要看到班上的同学天凉了还穿

着单薄发黄的衣服,她就会从自己的工资中拿出一部分为他们购买衣服和学习用品。这些年来,她为此花费了14000多元。

2015年,燕裕玲加入了文港镇志愿者协会,主要负责关爱留守儿童项目。入会以来,她将全镇困难的留守儿童集中起来,对他们进行润物细无声的长期关爱。尤其是2020年以来,她开设了"周末课堂",每周六无偿为孩子们辅导功课,并坚持每周上一堂国学经典课,让孩子感受优秀传统文化的魅力,传承国学经典,在宁静的文化氛围中修身养性、涵养品德,培养正确的世界观、人生观和价值观。

当获得政府10000元和妇联组织5000元经费支持时,燕裕玲毫不犹豫地将这笔钱用于"营养早餐"项目。当得到团县委每月1200元指导经费时,她又用这笔钱请来更多有特长的老师,让"周末课堂"变得更加丰富多彩。

身边的感动
—— "兴家风、淳民风、正社风" 2024 年度南昌市榜样人物

春风化雨，万物竞长。通过"周末课堂"，曾经忤逆的孩子变得温和起来，上课守规矩了，懂得感恩了，学习成绩也一天天进步了。智力不如常人的孩子周几（化名）曾被同学嘲笑连名字都不会写，如今奇迹般地会写自己的名字了。曾经不开口说话的"胆小鬼"杨嘉（化名），下课后不再躲在角落里，而是会和同学们一起说笑了。孤儿晁易安（化名）考试成绩原来不及格，现在已经能拿到 80 分了，同学们都夸他进步好快。

同事黄思齐老师说："'周末课堂'的效果让我感到惊讶。我班的谢雨菲（化名）上课态度完全变了，以前总是捣乱，现在能静下心来听课了。原来成绩只有 20 多分，现在也能及格了。"

刘声（化名）同学经常全身发抖，这让学校非常担心他的健康状况，于是劝他休学去医院接受治疗。然而，经过医院的全面检查，却并未发现任何身体问题。在与刘声交流时，燕裕玲听到他轻声说："我爸当着我后妈

的面，打得我更重。"燕裕玲意识到，他可能是受到了心理刺激。起初，燕裕玲尝试联系刘声的亲生母亲，希望她能来看看孩子，但被对方拒绝了。然而，燕裕玲并没有放弃，她通过各种方式不断联系刘声的母亲，恳求她多关心自己的孩子。最终，她的真诚打动了对方。现在，每到周末，刘声的母亲都会回到文港，带他去洗澡，为他准备食物，给他买新衣服。与此同时，燕裕玲还邀请刘声参加"周末课堂"，鼓励他不要放弃学习。虽然因为看病耽误了一些学习进度，刘声的成绩暂时跟不上，但燕裕玲告诉他："不要灰心，一定要自立自强。"令人惊喜的是，刘声来到"周末课堂"后，再也没有发病了。原来，他之前发病的根源是内心渴望母爱，而"周末课堂"丰富多彩的活动给予了他母爱般的温暖，成为滋养他生命的源泉。更让燕裕玲欣慰的是，刘声的成绩有了显著进步：从原来的30多分，跃升到全班第一名。刘声的爷爷欣慰地告诉燕裕玲："在你的鼓励下，孩子学习特别卖力，甚至会主动去学习。"

献身教育事业，书写无悔人生

燕裕玲献身教育事业，甘为人梯，用她坚实的臂膀托举起学生，助力他们攀登新的高峰。她甘愿化作春蚕，无私奉献，让知识与智慧不断延伸；她用爱心和汗水精心培育祖国的花朵，为他们撑起一片成长的蓝天。凭借对教育事业的执着追求和强烈的责任感，燕裕玲在三尺讲台上默默耕耘，用青春和热血书写着爱岗敬业的无悔人生。她的付出，不仅成就了学生的未来，也诠释了教育的真谛。

李友刚

致敬词

从「最可爱的人」到「最有爱的人」，新长征的路上，你越走越坚定。

从"最可爱的人"到"最有爱的人"
——记"三风"榜样人物李友刚

　　李友刚，男，1968年出生，无党派人士，现为安义县新长征志愿者协会会长、安义县退役军人尊崇先锋队队长。李友刚身体力行，争做红色故事的传承人、安全教育的宣传员、信守承诺的坚守者、潦河两岸的"守护神"、退伍老兵的贴心人。多年来，他无怨无悔，在各类志愿服务活动中默默奉献、发光发热，用军人的忠诚品格诠释担当，坚守着对国家和民族的赤诚之心。李友刚荣获安义县首届最美志愿者、安义县最美退役军人、南昌市优秀志愿者、南昌市优秀红十字志愿者、南昌好人等荣誉。

"真诚服务"——团结友爱，让战友宾至如归

　　一碗碗热气腾腾的长寿面被端到退伍老兵们的面前，那浓郁的香气仿佛诉说着李友刚对老兵们的深深敬意。精美的生日蛋糕在众人期待的目光中被小心翼翼地送到老兵们的手中。"敬礼！让我们一起来为老兵庆

身边的感动 Shenbian de Gandong

——"兴家风、淳民风、正社风"2024年度南昌市榜样人物

生！""八一"之际，一场别开生面的生日聚会在安义县龙津镇文峰社区隆重举办。

李友刚和他带领的退役军人尊崇先锋队，连续组织"一月一庆生"主题活动，先后为王礼益、王习叶等200多位老兵点亮了生日蜡烛。丰富多彩的节目让老兵们沉浸在欢乐之中。那些美丽的鲜花和贴心的慰问品，不仅温暖了老兵们的手，更温暖了老兵们的心。一起唱响的生日歌，仿佛将老兵们带回到激情燃烧的岁月。这只是李友刚服务老兵、服务战友的一个缩影。

"李友刚不仅是战友，更像是我的家人！每次我有困难，他总是第一个出现，帮我解决生活中的各种难题。记得有一次我生病住院，他得知消息后，立刻放下手中的事情赶到医院，忙前忙后地照

顾我，还为我支付了部分医疗费用。他的这份情谊，让我深受感动，也让我感受到了战友之间的深情厚谊。"伤残老兵熊火印感慨地说。李友刚是安义县残联的理事，他常态性协助残联开展关爱残疾人工作，对待像熊火印这样的伤残老兵，他始终怀着亲人般的深情，给予其无微不至的关怀与呵护。

在日常生活中，李友刚还经常组织退伍老兵的交流活动，让退伍老兵分享彼此的生活经验和人生感悟。他定期邀请一些成功的退伍老兵来给大家做讲座，传授创业经验和职业技能，帮助那些有需要的老兵更好地融入社会。同时，他也会关注那些生活困难的老兵，为他们提供物质上的帮助和精神上的支持。例如，他为一些老兵申请了政府的救助金，为一些老兵找到了合适的工作，为一些老兵解决了家庭纠纷，等等。

"尊崇先锋"——志愿服务引领基层社会治理

"通过这次讲座，我学到了许多急救方法，可以在以后的紧急时刻自救和互救，这是一节非常好的教育课。"龙津中学八年级学生高宇豪说。为了广泛传播应急救护知识，持有专业证书的李友刚，凭借自身扎实深厚的理论功底，以及在实践中积累的丰富经验，带领先锋队队员们深入社区、学校等地，组织了80余场应急救护知识讲座和演练。

2022年2月28日20时30分，安义县沿河东路的网红桥下发生了一起落水事件。网红桥虽挂有救生圈，但情况万分紧急。李友刚沉着冷静地指挥先锋队队员分工施救，与县消防大队密切配合，成功将落水者救上了岸。在他的带领下，先锋队常态化开展"守护潦河"行动，每周以轮值的形式派遣队员在潦河两岸进行巡逻。这道橄榄绿的"护堤"，已持续守望两岸百姓1000多个日夜。

在新民乡山上小学开展的关爱留守儿童志愿服务活动中，当小朋友们唱到《世上只有妈妈好》这首歌时，一个小男孩边唱边流泪，突然"哇"的一声跑出教室，躲在教学楼的角落伤心地抽泣起来。当得知小孩周海斌

（化名）的家庭境遇后，李友刚毫不犹豫地立即许下承诺："以后过生日，你给我打电话，我给你买生日礼物。"随后，他便把电话号码写在小男孩的语文课本封底上。自2017年起，每当周海斌过生日，李友刚都会精心挑选礼物送上。只要有空，他还会去看望周海斌，周海斌会亲切地称呼他为"李爸爸"。

"红星闪耀"——唱响红色故事，传承英雄血脉

为了不断充实党的理论队伍和宣讲队伍，李友刚以全县新时代文明实

践、退役军人服务保障场所，以及包括各大红色遗址、双拥文化长廊、烈士陵园等在内的一大批优质红色资源为基础，从6000余位退役军人、军属中选聘出120余位优秀老兵、军属，组建了一支"老兵宣讲团"。"老兵宣讲团"从"老兵"视角，用"老兵"语言，再现"红色场景"，深入群众讲述新时代红色故事，让群众在聆听中唤醒红色"思潮"，在互动、体验中接受党的教育。

安义县第五小学的黄怡在参加活动后说："参与了此次活动，我深刻感受到了今天的幸福生活来之不易。我们要更加努力学习，扛起社会主义建设者和接班人的重任，传承红色基因，争做时代新人。"在"老兵宣讲团"不断完善的过程中，李友刚力推红色志愿宣讲"七进"机制，依托新时代文明实践、退役

军人服务保障场所，建立"八一大讲堂"，积极举荐具有志愿服务精神的老兵、军属担任"红色思政志愿专干"。"八一大讲堂"举办红色志愿宣讲活动达200余次，受影响群众达3万余人次。

如今，宣讲英雄人物的热潮一浪高过一浪，英雄赞歌通过"老兵宣讲团"的深情讲述，已经深深融入人们的日常点滴，成为激励人心的强大力量。在追求中国梦的道路上，这些故事不断转化为向榜样看齐的伟力，激励着人们奋勇前行。

激情岁月在燃烧，精彩故事在继续。李友刚与人民群众心手相连的感人故事，展现了一位老兵退役不褪色、建功新时代的家国情怀。李友刚用自己的实际行动诠释了军人的责任与担当，他的助人故事是激励我们前行的力量源泉，他的奉献精神永远值得我们学习。

史子彪

致敬词

用心用情,你真心善待小区人。

精准把脉居民需求　热心公益传递正能量
——记"三风"榜样人物史子彪

　　史子彪，男，1968年出生，中共党员，现为江西省手拉手实业有限公司董事长。在南昌市东湖区百花洲街道火神庙社区中山城小区，提起史子彪，居民们无不赞不绝口："要是没有史主任，我们可能还要继续爬楼梯回家"，"是他的出现，让我们小区有了家的感觉"，"他把每一位老人当成自己的家人"……作为火神庙社区中山城小区业委会主任，史子彪自2002年开始就一直热心参加社区志愿服务活动，并从首届起就不间断赞助社区开展敬老节活动，用自己的实际行动继承和弘扬着尊老爱老的传统美德。2020年10月成为中山城小区"管家"后，史子彪更是凡事亲力亲为，积极调动居民自治积极性，聚焦居民身边所需、心头所盼，逐渐将环境卫生脏乱、基础设施差的小区打造成为"老者安之、少者怀之、居者尊之、管者信之"的和谐幸福小区。

众筹垫付资金　彻底解决电梯安全隐患问题

作为南昌市曾经的地标，象征着高档与繁华的中山城小区地处中山路与象山路交叉口，这里曾是每一位小区业主的骄傲。但由于长期管理不善，物业不作为，小区业主与物业之间沟通不畅、与业委会之间隔阂较深，小区往日的繁华不再，基础设施损毁，电梯老旧失修，环境卫生脏、乱、差，邻居间常因小事而产生不快，越来越多的业主搬离小区。

2020年，物业公司单方面与中山城小区解约，并提前2个月撤离，导致中山城小区几乎陷入瘫痪状态。业主爬楼梯上下班、垃圾到处乱飞……作为中山城小区的一名业主，史子彪看在眼里，急在心里。在业委会换届选举会上，史子彪郑重地向所有业主承诺：

"给我一年时间,我一定会让咱们的中山城小区大变样,恢复昔日的繁华。"

当选中山城小区业委会主任后,推动老旧电梯改造是摆在史子彪面前首先要解决的难题。"电梯频繁故障严重影响业主们出行,但维修是一件大事。申请房屋维修基金流程多、花费时间长,业主们根本等不起。"史子彪说,"当时就一个念想:让老百姓用上安全放心的电梯。"史子彪与中山城小区业委会另外一名委员一起发起众筹并先行垫付31.5万元的电梯更换费用。更换第一部电梯后,在史子彪的大力推动下,中山城小区在短时间内就更换了其他3部老旧电梯,彻底解决了小区电梯安全隐患问题。

聚民力暖民心 "宝藏空间"功能升级

中山城小区4楼有一块由4栋楼体连通在一起形成的闲置户外场地,面积有5000多平方米。这里视野开阔,空间宽敞,但因年久失修,绿化严重缺失,杂草丛生,建筑垃圾堆成山,乏人问津。"不少业主向我反映,希望将这一'被遗忘的角落'进行进一步改造,以满足小区居民对日常室外休闲娱乐的需求。"史子彪当即邀请火神庙社区党总支书记陈金香和业主代表就空中花园的改造进行商讨,并征集业主们的意见和意愿,充分调动起居民自治的力量。

史子彪带领业委会委员、小区志愿者上山运土、移植树木、种花苗。2021年4月,为了实现空中花园植物抢季种植,史子彪冒着大雨三天三夜没合眼,和小区志愿者共同努力,将小区破败不堪的空中花园改造成为干净美丽的居民活动场所。施工期间由于缺乏休息,史子彪的血压一度升高到180 mmHg。史子彪的事迹感动了小区业主,大家自发地参与到小区自治建设中来,共同为小区建设贡献自己的一份力量。

史子彪充分听取业主的意见,以居民需求清单、服务项目清单为依据,以联动机制为抓手,通过对空中花园的改造,实现了睦邻空间的"生态重构"。空中花园增设了篮球场、舞蹈房、儿童休闲区域、老年人活动室等,还设置了长凳、石墩、凉亭，方便小区居民随时到此娱乐休闲。"年纪大了都不喜欢在家里待着，这里人多，热闹，每天都开开心心的！"在老年人活动室，85岁的居民万福英正在和姐妹们练习歌喉，脸上洋溢着幸福。

过去年久失修的闲置空间，变为居民休憩、游玩、共叙邻里亲情的"世外桃源"。同时，史子彪还将剩余的闲置空间利用起来，出租出去，丰富小区公共收益用之于民，增加了小区高龄老人生日蛋糕、新生儿、学生入学补贴等福利。"自从史主任来了之后，我们感到特别幸福，不仅小区越来越漂亮，而且凡是小区居民，新生儿有出生补贴，小孩入学、上大学有补贴，高龄老人还有生日蛋糕券。"65岁的胡瑞云激动地说。以前的他曾一度搬离了中山城小区，在史子彪的感染下，他积极参与小区各项活动。

情系夕阳红　十几年如一日赞助敬老节

热情洋溢、真诚待人、认真负责、勇于担当，这些特质正是史子彪的生动写照。在做好本职工作的同时，史子彪还热衷公益事业，敬老孝老，主动承担社会责任，用实际行动生动诠释"温暖一座城"，为营造和谐、友爱、宽容的社会环境贡献力量。

从2002年开始，史子彪就成为火神庙社区的一名志愿者，他积极参加各项活动，热心帮助弱势群体。赵细保是一位80多岁、下放到南昌县向塘镇沙潭村的知青，无儿无女，一直居住在沙潭村，但户口却在火神庙社区。2006年的一场台风将老人的房屋刮倒，老人无家可归。由于老人户口不在沙潭村，村民多方打听找到火神庙社区，希望能帮老人解决住宿问题。

史子彪听说这件事后，带头组织捐款3000多元为赵细保修建房子，并主动承担起照顾老人的重任。每逢元旦、春节等节假日，他都会组织志愿者，带着棉衣、棉被、大米、食用油等物品看望老人，陪老人聊天、拉家常，老人需要什么，史子彪就给老人买什么。赵细保感动地说："我一生无儿无女，可小史就好比我的儿子，有什么难处或头疼脑热的，他都会帮我解决。"村民们感慨地说："老人家真是遇到了贵人！"

在积极照顾社区老人、参加志愿服务活动的同时，史子彪一直在思考：火神庙社区在老城区，大部分房子都是老人居住，每年的各类节庆活动中，却独缺了老人的节日。史子彪当即与火神庙社区党总支书记陈金香商议，以每年的重阳节这个尊老爱老的传统节日为契机，以传承中华传统敬老孝老文化，更好地服务辖区老年人为目标，在社区开展敬老节活动，让老年人聚在一起、玩在一起、共享快乐，享受属于老年人自己的节日。

从2006年首届敬老节开始，史子彪赞助了每一届敬老节。老年人在活动现场开心的笑容，就是史子彪最大的慰藉。"人老了，总会有些孤独感、

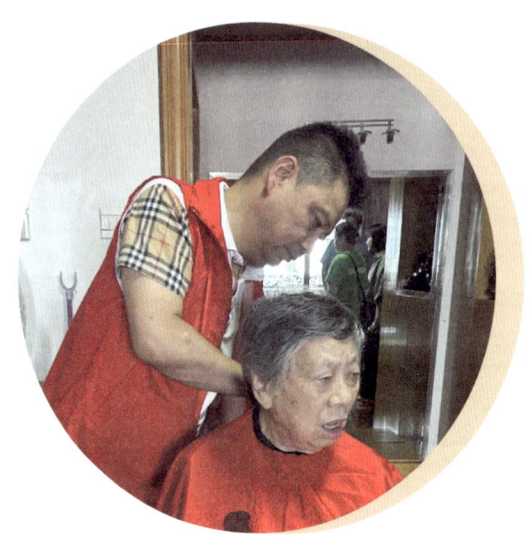

失落感，是小史的出现让我们这群老人有了快乐的源泉，敬老节是我们最开心的时刻。"86岁的吴昌凡老人激动地说。

榜样的力量是无穷的。在史子彪的带动下，江西百盛中山城百货有限公司、江西人之初科技集团等10余家公司纷纷赞助敬老节，超300人的志愿者队伍也参与到敬老、爱老、助老的活动中来。如今，火神庙社区敬老节规模一届比一届大，已然成为东湖区，乃至南昌市的一张文化名片。

回首这么多年走过来的孝老爱亲之路，史子彪说始终不变的是他的初心，而变化最大的是他的内心。"许多人经常有'子欲养而亲不待'的遗憾，我希望社会上更多的爱心人士，在孝敬自家老人的同时，也能给其他需要帮助的老人送上一份温暖。"史子彪坦诚地说。

林小红

致敬词

谱写生命的赞歌,博爱与奉献的精神,

你奏响生命的回音!

14年坚持志愿服务　践行红十字精神
——记"三风"榜样人物林小红

　　林小红，女，1955年出生。她曾荣获全国优秀红十字志愿者、江西省红十字会博爱大使、南昌市最美企业家、南昌市爱心公益大使、南昌市防疫抗洪先进个人等荣誉，现为南昌市女企业家协会常务理事、南昌市演讲协会执行秘书长、江西省红十字会第八届常务理事、南昌市红十字文化传播志愿服务队队长。2010年，从南昌市图书馆退休后的林小红，怀抱着对人道事业的热忱，毅然踏上了慈善公益之路。

坚守一线岗位　彰显巾帼风采

　　秉持"为霞尚满天"的公益初心，林小红在退休后的14年里，兢兢业业地投身红十字志愿服务工作。她活跃在红十字公益活动的现场，奔波于抗洪抢险的前沿，坚守在疫情防控的阵地。她四处奔走呼吁，感召爱心企业家捐款捐物，受益群众近万人次。她主动请缨，始终坚持冲在第一线，战斗在最前沿，去往最需要的人身边。

在疫情防控的志愿服务工作中，总能看到林小红默默无闻的身影。哪里有疫情，她就奋战在哪里。狂风骤雨无法阻挡她的脚步，烈日酷暑也不能让她退缩。她个人志愿服务时间累计 11520 小时，她用行动完美诠释了"人道、博爱、奉献"的红十字精神。

活动无小事 "回音"聚爱心

从"博爱教室"到"一家一个救生圈"，从"名著小书包"到"爱心奶粉捐赠"，从"永修抗洪抢险"到"疫情防控志愿服务"，再到"革命英烈家庭相册""甘肃地震爱心捐款""回音计划"……每一个项目都凝聚着林小红的心血与付出。

一个人的力量是有限的，只有更多的人加入，志愿服务的路才能走得

更远。为广泛传播红十字精神,倡导志愿服务理念,在林小红的引领和组织下,南昌市红十字文化传播志愿服务队于2021年5月7日正式授旗成立。这是江西省首支以红十字文化传播为主要职责的志愿服务队伍。截至目前,共有233位来自社会各界的爱心人士加入,而林小红则被推选为队长。

为了让队员们对红十字精神理解得更透彻,把红十字故事讲得更深入人心,林小红组织队员们开展了对遗体器官捐献者困难家庭的走访和慰问、清明缅怀诗歌朗诵、应急救护培训、无偿献血和造血干细胞捐献、爱心清扫社区、重阳敬老等活动。她个人捐款达10万余元,感召社会爱心人士捐款捐物合计1000多万元。在志愿服务队中,队员不仅是志愿者,更是捐赠者、红十字救护员。他们在感受爱中成为爱、传递爱。

"回音计划"项目是中国红十字会十大志愿服务项目之一。林小红带领志愿者实施至今3年多时间,共行走3万多公里,筹集善款近30万元,

走访慰问300多户遗体器官捐献者困难家庭。他们从经济上帮扶、心理上关怀、精神上鼓励、舆论上引导，为遗体器官捐献者家属送去人道关怀和心灵抚慰。在一个个温暖的拥抱、一句句问候的话语、一封封真挚的感谢信中，家属和志愿者常常热泪盈眶。有的家属说："没想到，这么多年了，还有人记得她，还有人来看望我们。"

"回音计划"项目第一站探望的是两位不到18岁捐献者的家庭。她们是同学，也是闺蜜，墙上的照片记录下了两个女生阳光明媚的笑颜。在本该是无限美好、无限可能的年龄，她们却不幸先后罹患白血病和脑瘤。在短暂人生的尽头，两位好姐妹做出了一个共同的选择——捐献骨组织和皮肤材料。

志愿者中有一对母子，儿子刚满17岁。他在《生命无常，仍留美好》的日记中说："这次志愿服务之行，让我深刻感悟到生命的无常，开始重新定义生命的价值。虽然我还没有勇气登记捐献器官，但我已经决定，在我18岁生日的时候去参加无偿献血和登记捐献造血干细胞，希望我的一丝付出能够为更多的人带去希望和帮助，当有一天我生命最后一刻来临的时候，能不留遗憾。"后来，他兑现了承诺。

参加过抗日战争、解放战争、抗美援朝战争的95岁老兵刘善文，他和老伴是江西省第7位和第8位捐献登记志愿者，2020年捐献了遗体。临终前，刘善文说不出话来，就在老伴手上写下了"捐"字。他的决定影响了一家人，他的老伴、孩子和其他几位亲人都进行了捐献登记。3年后，女儿刘艳群不幸因病离世，家人按照她的遗愿捐献了遗体用于医学研究。刘艳群的女儿说："妈妈在昏迷了一星期后，醒来做的第一件事就是联系捐献协调员周萍，说一定要捐献遗体。这是她的心愿。"

生命有终点，大爱无尽头。如果一个生命在告别这个世界的时候，能让曾经属于自己生命体的一部分，为其他生命的延续发挥光和热，或许是与这个世界继续交流的最好纽带。

持之以恒勤奉献　敢于担当为人民

林小红持之以恒热心公益事业的善举，得到了群众和组织的一致好评和推崇。她还受到了党和国家领导人的亲切接见，并合影留念。红十字志愿服务，是林小红的初心，也是她为队伍赋予的使命。她将和她的队伍持续走在传播"人道、博爱、奉献"精神的道路上，为红十字事业更上新台阶做出贡献。

林小红用自己的爱与奉献，书写了一段又一段感人至深的故事。她是志愿者的榜样，也是志愿者前行的动力，激励了身边许多人投身公益事业，并为公益事业奋斗终身。

任丛英

致敬词

眼中有蓝天,心中有温情,你任凭雨打风侵。

柔肩独担整个家　孝老爱亲传佳话
——记"三风"榜样人物任丛英

任丛英，女，1944年出生，青云谱区洪科社区居民，原洪都机械厂19车间工人。她家境并不富裕，但从小就深受勤劳朴实的家庭教育，早早学会了孝顺和助人为乐的美德。在她的人生岁月里，有40多年都在默默地做着一件事——无怨无悔地照顾残疾哥哥。

家庭的温暖：用爱守护无声的世界

任丛英的哥哥从小就患有听力障碍和言语障碍，这对哥哥本人和整个家庭来说，都是一个沉重的打击。父母去世后，哥哥无人照料，生活陷入困境。面对这样的情况，任丛英在爱人的支持下，毅然将哥哥接到自己家中，亲自承担起照顾哥哥的重任，用柔弱的双肩为哥哥撑起了一片温暖的天空。

然而，照顾残疾哥哥并非易事。哥哥刚到任丛英家时，第一个难题就是沟通。语言是人们日常交流的重要工具，但哥哥却无法用语言表达自己

的需求。面对这一难题,已经年过半百的任丛英没有退缩,而是决定学习手语。她四处打听如何学习手语,最终从图书馆借来手语书籍,开始从早到晚不停地比画练习。经过不懈努力,她终于学会了手语,并且还耐心地教哥哥。有时表达得不对,兄妹俩还会相互纠正。慢慢地,任丛英发现,学会表达的哥哥逐渐变得开朗起来,脸上也多了笑容。

　　尽管沟通的问题得到了解决,但新的问题又出现了。哥哥无法独自外出,因为他既听不见,也说不出话。过马路时,他怎么知道有车从身边经过呢?任丛英实在放心不下哥哥一个人出门,于是她决定:无论多忙,只要哥哥外出,她都要陪在身边。有一次在马路上,任丛英紧紧拽着哥哥的袖子,对他说:"哥哥,以后啊,我就是你的耳朵和嘴。"哥哥似乎读懂了她的

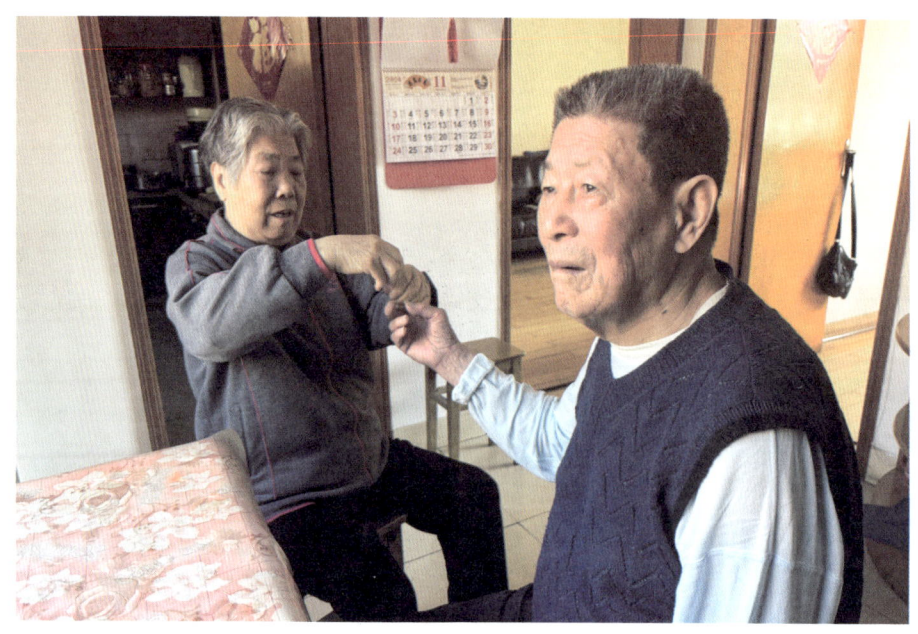

心，两滴眼泪瞬间滑落脸颊。任丛英用爱和承诺，为哥哥点亮了无声世界中的希望之光。

为了让哥哥的生活更加丰富多彩，任丛英经常带他参加家庭聚会，或者陪他去公园散心，尽力让哥哥融入正常的生活。尽管生活中充满了各种挑战，但任丛英从未抱怨过一句。四十多年如一日，无论是为哥哥准备可口的饭菜，还是照顾哥哥的日常起居，她都事无巨细，耐心细致。在这个过程中，任丛英也放弃了很多个人的机会和自由，但她从未后悔。她的无私付出，深深感动了身边的每一个人。

子女的榜样：传承爱与责任的力量

命运似乎对任丛英并不眷顾。她的丈夫是一名试飞员，在一次试飞任务中，因意外事故不幸牺牲。这场突如其来的灾难给家庭带来了沉重的打击。失去了与自己共同奋斗、相互支持的伴侣，任丛英感到无比悲痛。面对家庭的重担，她没有被打倒，而是选择了坚强。她告诉自己，她不仅要替丈夫教育好孩子，让他们长大成人，还要继续照顾好残疾哥哥。

在漫长的岁月里，任丛英独自一人肩负起家庭的重任。她一边照顾残疾哥哥，一边辅导儿女们功课、教他们做人。而她努力学习手语、悉心照顾哥哥的点点滴滴，都被儿女们看在眼里。孩子们在母亲的言传身教中，学会了如何去爱别人，也懂得了什么是责任、坚强和奉献。

在母亲的影响下，任丛英的子女不仅成长为品德高尚、责任感强的人，在平凡的岗位上，他们也凭借着坚韧的毅力和出色的才干，取得了优异的成绩。他们主动投身于各类社会公益事业，帮助有需要的人，积极参与社区活动，关注弱势群体。他们的善举不仅是对母亲的致敬，更是将母亲的爱与责任传递给了更多的人，让更多的人感受到来自这个家庭的温暖与力量。

社区的支柱：传递爱与关怀的温暖

除了在家庭中默默付出，任丛英还把爱延伸到了社区。她总是热心帮助邻居和社区里的其他人。每当有邻居搬家，任丛英总是义不容辞地前去帮忙，帮助邻居搬运家具、整理行李。她还会主动为年长的邻居购物，经常关心生病或有困难的邻居，前去看望、送去生活用品，并尽自己所能帮助他们解决问题。在社区里，任丛英就像一面旗帜，用自己的行动诠释着什么是真正的爱与关怀。

任丛英用她的实际行动，书写了一段感人至深的孝老爱亲故事。她不仅用爱守护着残疾哥哥，传承了优良的家风，还通过帮助困难老人、解决社区问题，践行了良好的社风和民风。任丛英的感人事迹滋润着身边的每一个人，她的这种无声的力量，已经成为人们心中的一座灯塔，引导着越来越多的人走向更加温暖的未来。

秦爱民

致敬词

孝老虽无言,掷地却有声,你涌泉相报至亲。

无声孤岛外奏响家风华章
——记"三风"榜样人物秦爱民

秦爱民,男,1972年出生,青山湖区罗家镇赵坊山上秦村村民。在中华民族的传统美德中,"百善孝为先"始终是为人处世的根本。尊敬长辈、孝敬父母,不仅是中华民族的传统美德,更是我们应当遵循的重要道德准则。秦爱民,这位平凡的村民,用他无声的坚守和无私的付出,生动诠释了这一深刻的道理。

身有残疾,不忘孝敬父母

在赵坊山上秦村,有一座简陋的瓦房,破旧的桌椅、失修的屋顶,处处透露出家境的贫寒。然而,整洁的摆设、干净的地面,又让人感受到主人的严谨与用心。在这里,秦爱民奏响了一曲感人至深的"孝老爱亲"乐章。

秦爱民小时候因病致残,听力丧失,语言能力也受到严重影响。1996年,他的哥哥因意外去世,这个本就贫困的家庭,失去了重要的劳动力,

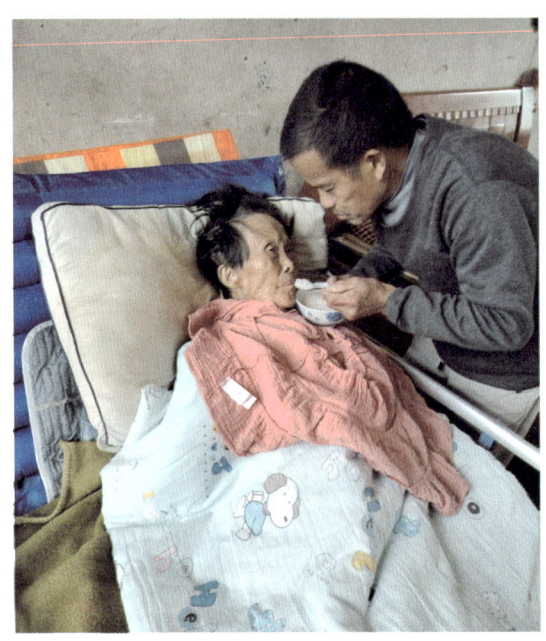

生活变得更加艰难。父母年事已高，母亲2010年身患冠心病，需要常年就医输液；妻子智力残疾，生活只能勉强自理；儿子还在读书。在这样的家庭环境中，秦爱民成了家里的顶梁柱。

每天清晨，当第一缕阳光洒在瓦房上，秦爱民便开始忙碌起来。他来到灶台边，生火做饭，然后打好洗脸水，走进昏暗的卧室，吃力地扶起八旬老母亲，细心地为她擦洗。晚上，他准备好热气腾腾的洗澡水，让妻子帮忙扶着母亲洗澡。这一切，对他来说早已驾轻就熟，仿佛是他生活的一部分。多年来，秦爱民风雨无阻，无微不至地照料着母亲，用真情和无私的付出，在村民中赢得了良好的口碑。

风雨无阻，坚持送母输液

母亲患病以来，秦爱民始终坚守在她的身边。由于母亲行动不便，无法坐自行车或电动车，秦爱民便用小板车推着母亲去附近诊所输液。村民们看到他如此不易，纷纷伸出援手，将自家的轮椅送给他用。无论天气多么恶劣，秦爱民从未停止过推着母亲就医的脚步。

为了方便照顾母亲，秦爱民不敢外出打工，只能在附近打零工。他总是担心走得远了，无法及时赶回家送母亲就医。回到家里，他坚持为母亲擦拭身体、按摩，陪她聊天解闷。母亲有时因长期患病心情烦躁，甚至发脾气骂他，但秦爱民总是笑呵呵地装憨，从不计较。他一有时间就搀扶母亲到外面锻炼恢复，尽力满足母亲的需求，从不嫌麻烦。在他的悉心照料下，母亲原本满是皱纹和苦恼的脸上，如今总是挂满笑容。

秦爱民用自己的实际行动证明，孝心无关距离，无关困难，只在于心中那份对父母的深情与责任。2017年，村里向镇政府提交材料，为秦爱民

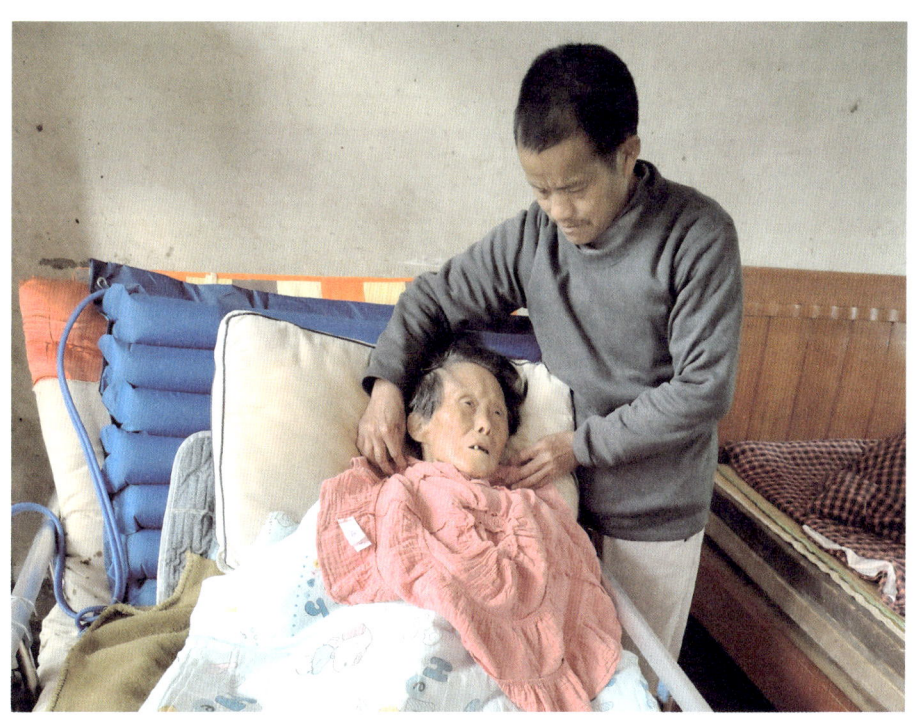

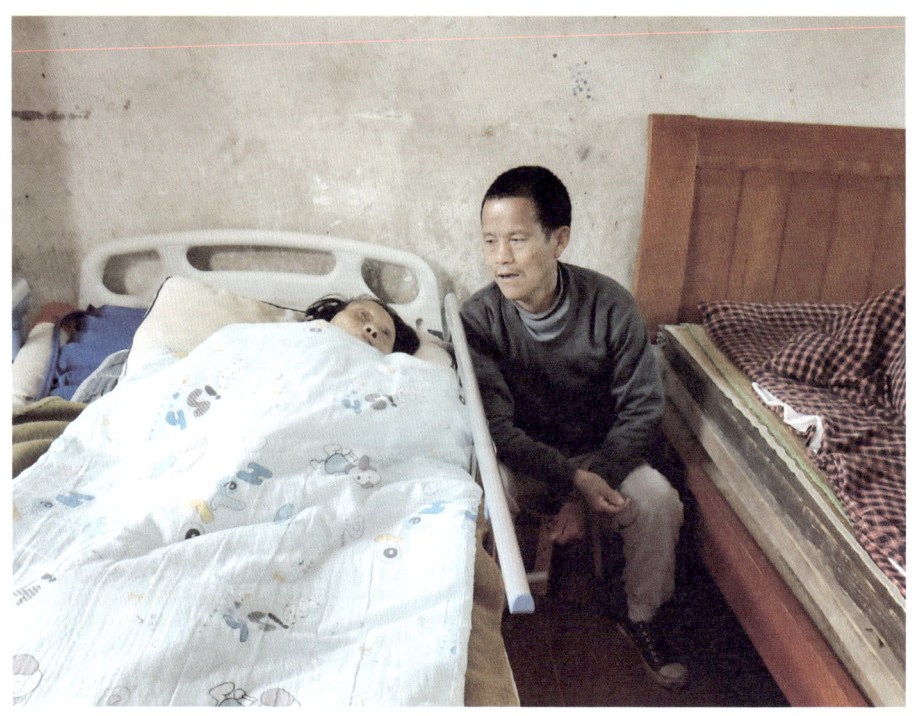

一家申请了低保。加上秦爱民断断续续做短工的收入，一家人的生活逐渐好转。然而，秦爱民从未因此而减少对母亲的关爱，他依然坚守在母亲身边，用爱为她撑起一片温暖的天空。

饮水思源，传承家风美德

饮水思源，回报父母的养育之恩，这是中华儿女的美德，也是秦爱民始终坚守的信念。让老人安度晚年，是每个子女义不容辞的责任。秦爱民用自己的行动，生动诠释了"上行下效"的道理。父母抚养子女长大，子女赡养父母，尊老爱幼的家风才能代代相传。只有这样，中华民族的传统美德才能在岁月的长河中熠熠生辉，永不褪色。

蔡文琼

致敬词

守护温暖,你筑梦未来润童心。

做留守儿童的温暖守护者
——记"三风"榜样人物蔡文琼

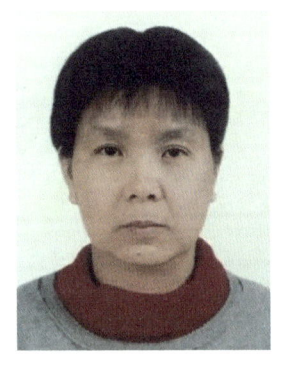

蔡文琼，女，1967年出生，中共党员，现为新建区石埠镇关工委专职副主任。

又是一个阳光明媚的周六上午，悠扬的琴声从新建区石埠镇新时代文明实践所的"童心港湾"里传出，一群农村留守儿童在这里开启了快乐的一天。他们写作业、唱歌、做游戏，现场不时传来阵阵欢声笑语。已经57岁的蔡文琼，如往常一样一大早就开始忙碌，打扫卫生，整理书籍和玩具。她是这个"童心港湾"的"童伴妈妈"，同时也是阅读班的老师。10年来，她陪伴着留守儿童度过了一个个丰富多彩又充满欢乐的周末假期，为他们搭建了一个快乐成长的温馨港湾。

开设免费课程，让孩子们周末不再"留守"

作为一名20世纪80年代末的大学生，蔡文琼在石埠镇一干就是30多年。2002年，她开始从事妇女儿童工作。多年来，她深入群众、乐善好施，与农村妇女话家常，主动关爱农村孤寡老人和留守儿童，捐资助学、扶残助弱，解决他们的实际困难。

在工作中，蔡文琼了解到，石埠镇有近百名留守儿童，部分留守儿童渴望丰富多彩的课外生活，但由于经济条件等因素，没有机会参加课外兴趣班。她深知，自己在石埠镇工作多年，总得为这里的百姓做点实实在在的事情。2014年，在蔡文琼的大力推动下，石埠镇针对农村留守儿童的周末免费课程正式开班了。一开始，主要以蔡文琼带领孩子们阅读经典书籍为主，并让孩子们分享自己喜欢的书。到2020年，在镇党委、政府的支持下，蔡文琼又牵头招聘了志愿者，从学校里招募了美术老师、舞蹈老师、音乐老师、书法老师等。就这样，一个满足留守儿童兴趣爱好和需求的"文化课+兴趣班"免费课堂正式形成了，每周六、周日都会上常规课。课

身边的感动 Shenbian de Gandong

—— "兴家风、淳民风、正社风" 2024年度南昌市榜样人物

堂有 50 多个学生，都是来自石埠镇各村的留守儿童、困境儿童。

蔡文琼对活动场地及器材进行了精心安排，课堂设有绘画室、阅览室、舞蹈室、音乐室、书法室等。课程内容丰富多彩，包括文化课、手工课、绘画课、舞蹈课、音乐课、书法课等。例如，文化授课选用《弟子规》《三字经》等国学内容，传承国学经典，让孩子们从小耳濡目染；手工、绘画课程中加入剪纸、折纸等中国传统文化元素，培养孩子们的动手能力和协调能力。同时，志愿者还会向孩子们讲授交通安全、消防安全、防溺水知识和一些生活小常识，进一步增强孩子们的安全防范意识。孩子们周末有了去处，可以在这里做游戏、上兴趣课，他们的笑容也渐渐多了起来。

浸润心灵成长，用爱与关怀陪伴守护

留守儿童大多是与爷爷奶奶生活在一起，或由其他亲戚照料，他们缺乏父母的爱和陪伴。在开设"文化课+兴趣班"免费课堂的过程中，蔡文琼发现，由于很多留守儿童的父母都在外地工作，一年甚至好几年都不能回家，这些孩子的性格都很内向，不爱说话，有些在学习上也有困难。

针对留守儿童亲情缺失、情感淡漠的问题，蔡文琼特别开设了"常态化亲情聊天角"，利用配送的电脑接通网络，定期让留守儿童与在外务工的父母视频连线，互通学习、工作、生活情况。针对一些孩子出现的品行偏差或心理障碍等问题，蔡文琼除了自己找他们谈心之外，还会邀请心理咨询志愿者"一对一"上门进行心理辅导。

蔡文琼说："我觉得和留守儿童交往，最重要的是走进他们的内心，和他们做朋友，这样很快就能看到他们身上的变化。"在这里，孩子们得到的是亲情陪伴、情感关怀和兴趣培养。"蔡老师专门为我们家长组建了微信群，会拍视频把孩子的表现发到群里，让我们家长第一时间看到孩子。"参加"文化课+兴趣班"免费课堂的孩子家长吴姗姗开心地说，"去

年一年我都在浙江打工,蔡老师非常热心,定期让孩子跟我视频连线,孩子在这里已经学习3年多了,性格都开朗了许多。"

坚持志愿服务,十年如一日做好一件事

蔡文琼长年从事妇女儿童工作,更是一名充满爱心的志愿者。近年来,她针对农村留守儿童的需求,在全镇打造了3个省级妇女儿童之家、2个区级妇女儿童之家。2012年和2018年,她更是争取到了联合国项目——龙岗儿童友好家园,以及省妇联项目——西岗儿童家园。2022年,她争取到共青团"童心港湾"项目,争取上级项目资金及设备物资合计近60万元,全部用于教学硬件的提升和教材的购买。

开设关爱留守儿童的"文化课+兴趣班"免费课堂后,蔡文琼愈发忙碌起来。2019年,蔡文琼患病手术,但她仍然忘我工作,坚持返岗奋战,保证活动正常开展。2022年6月,蔡文琼正式退休,但她心里挂念着孩子们,当年7月就向组织申请在石埠镇新时代文明实践所担任"童伴妈妈",

完成了从"蔡主席"到"蔡老师",再到"蔡妈妈"的身份转变。

蔡文琼说:"志愿服务是一项长期的工作,虽然我已经退休,但我会一直做下去。如果我们不坚持,三天打鱼两天晒网的话,孩子们也不会坚持,免费公益课就很难继续下去。"蔡文琼住在南昌城区,退休后,每逢周末有课,她都会在周五骑车32公里前往石埠镇,风雨无阻,一直坚持到现在。

在石埠镇新时代文明实践所及梦圆广场,经常可以看到蔡文琼和志愿者变身成为孩子们的"大朋友",和孩子们一起开展羽毛球、篮球、拔河等形式多样的文体活动。现场欢声笑语此起彼伏。

蔡文琼说:"面对留守儿童这个特殊的群体,我最想做的就是让他们有一个健康快乐的童年,让他们不再孤单,扬起笑脸,拥抱阳光。"从2014年起,蔡文琼带过的留守儿童近300名,帮助了200多个家庭。10年来,她为留守儿童精心打造了一个快乐成长的家园,她宛如一束光,照亮了孩子们的童年,成为孩子们心底最温暖的守护者。

李 璇

致敬词

创新领航,情暖一方,你升级爱心驿站24小时不打烊。

见"微"知著暖人心　真抓实干好书记
——记"三风"榜样人物李璇

李璇，女，1989年出生，中共党员，现为红谷滩区九龙湖街道新琚东社区党支部书记兼主任。她以青春之姿，怀揣着对社区工作的热忱与担当，扎根基层，用智慧与汗水书写了社区治理的精彩篇章，成为居民心中的贴心人、社区发展的领路人。

社区"微服务"，传递温暖与关怀

社区是城市的细胞，更是服务群众的前沿阵地。李璇深知，随着社会的快速发展，新就业群体的需求日益凸显，社区治理必须与时俱进。她敏锐地捕捉到外卖小哥、快递员、网约车司机等新业态从业者的实际困难，积极探索创新服务模式。2023年10月，新琚东社区党群服务中心红色爱心驿站正式成立并投入运营，为新就业群体提供了一个温暖的"港湾"。驿站不仅提供红色代办服务，还配备了歇脚休息区、免费饮水机、即时充电设备、共享雨衣以及医药急救箱等设施，满足了新就业群体"累了能歇脚、

饭凉能加热、闲时能充电、心烦能倾诉"的需求。2024年7月，驿站完成提升改造，实现了"24小时不打烊"服务，至今已累计服务25000多人次。这一创新举措，不仅解决了新就业群体的急难愁盼问题，更让他们感受到了社区的温暖与关怀，增强了他们的归属感，将红色爱心驿站打造成了他们的"第二家园"。新琚东社区红色爱心驿站的"微服务"模式，因其创新性和实效性，得到了"学习强国"平台、《江西日报》等主流媒体的广泛关注与报道，成为社区服务的新亮点。

党建"微助推"，共筑红色治理平台

非公企业党组织是基层党建的重要组成部分，也是推动社区发展的重要力量。李璇始终关注属地企业的党建工作，积极发挥社区党支部的引领作用。2023年初，她通过日常走访了解到属地企业乐奥集团有意向成立党支部，便主动对接、积极跟进，协助乐奥集团于2023年5月11日正式成

立了党支部。她将党建工作与企业发展紧密结合，通过组织党员活动日等活动，实现了党建工作与企业发展的互促双赢，为企业发展注入了红色动力。她常说："无事不扰，有事必到。"这不仅是她的服务理念，更是她为企业办实事的真实写照。她积极参与红谷滩区九龙湖街道的"吐槽大会"，深入了解企业心声，及时做好"红小二"的对接工作，以销号的方式解决企业的难点、痛点问题。她以最好的服务理念、最快的宣传策略，将优惠政策传达到企业，为优化红谷滩区的营商环境贡献了自己的力量。

治理"微共治"，化解矛盾促和谐

社区是社会和谐的基础，社区书记肩负着维护社区稳定、促进邻里和谐的重要使命。李璇深知，要打造和谐社区，就必须把矛盾隐患化解在萌芽状态，做到"眼观六路、耳听八方"，及时解决群众的急难愁盼问题。她心系群众，经常入户走访，倾听居民心声。2023年，她通过上户摸排了解到新力江悦小区居民因未拿到房产证而情绪激动，便立即与"两委"班子成员共商议事，在安抚居民的同时积极跟进。在参加红谷滩区有

关房产证的推进会后,她及时召集居民代表传达会议精神,做好属地维稳工作,并于2023年底协助居民顺利办好了房产证,解决了居民的后顾之忧。

居民与物业的矛盾一直是社区治理的难点问题。自上任以来,李璇面对居民与物业之间的尖锐矛盾,没有退缩,而是积极寻找解决之道。2023年,她牵头成立了物业管理委员会,通过三方座谈的形式,面对面解决了居民与物业之间的不合理问题。在她的努力下,物业服务水平显著提升,居民的不满情绪逐渐平息,社区环境变得更加和谐。

民生"微实事",践行初心换民心

社区书记是党和政府联系群众的桥梁和纽带,社区工作的好坏直接关系到群众幸福感和满意度的高低。李璇始终视群众为家人,把群众的事当作自己的家事,坚持为社区居民办实事、解难题。2023年11月8日,社区在日常工作排查中发现新琚花园A1区的路面出现塌陷情况，塌陷位置正处于楼道口，严重影响小区居民出行，同时也存在一定的安全隐患。李璇立即行动，第一时间联系小区物业。了解到地面塌陷可能与地铁施工有关后，她积极与地铁公司进行沟通和现场核实。经过多方确认，路面塌陷确实是地铁施工导致路面开裂及坑洼下沉引起的。李璇多次与地铁公司沟通修复方案，并跟进维修进度。在修路过程中，她积极配合施工方，及时协调施工中出现的各种问题，确保道路修复工作有序进行。经过近半个月的紧急修复，塌陷的路面恢复了平整。小区居民看到焕然一新的路面，纷纷点赞："路面破损的时候，出行很不方便，很容易摔跤，而且又影响小区形象。现在进行了整修，整个路面变得既平整又美观，非常好，我们都觉得很开心、很满意。"李璇用实际行动践行了初心使命，赢得了居民的认可与赞誉。

社区虽小，却连着千家万户；岗位平凡，却彰显着责任与担当。李璇以"微服务"传递温暖，以"微助推"助力企业发展，以"微共治"促进社区和谐，以"微实事"赢得民心，创新性地推出基层治理"四微"共治模式，让社区治理更科学、更有温度、更具效率。她用青春和汗水点亮了社区的"微希望"，温暖了群众的心。在未来的日子里，她将继续坚守在社区这个平凡的岗位上，以更加饱满的热情、更加务实的作风，为社区居民的和谐幸福发挥更大的作用，书写更加精彩的社区治理新篇章。

陈惠民

致敬词

碧水蓝天，美化南昌，你愿做城市建设的「拼命三郎」。

管网"活地图" 防汛"排头兵"
——记"三风"榜样人物陈惠民

陈惠民，男，1991年出生，中共预备党员，现为经开区城管局涉水科负责人。自2017年入职以来，他一直从事雨污水管网建设与管理工作，凭借扎实的专业知识、过硬的技术能力和高度的责任心，成为排水排污领域的专业复合型人才。他曾荣获2019年度南昌临空经济区（赣江新区临空组团）绩效考核优秀个人荣誉，并连续3年获得南昌经开区城管局绩效考核优秀个人荣誉，还取得了工程师职称、建造师资格证，参与的给排水咨询、设计成果获省部级奖项。

立足本职，勤勤恳恳，做地下管网的"活地图"

地下管网如同城市的"毛细血管"，既复杂又隐蔽，管理难度极大。陈惠民深知，要想管好地下管网，就必须详细掌握现场情况。他始终践行"脚上有土、心中有谱"的工作作风，入职以来，经开区640公里管网、527个排水单元、17条河湖水系，都留下了他深深浅浅的足迹。无论是雨天一身水一脚泥,还是晴天一身汗一脚尘,他都毫无怨言。入职以来,他处理重大问题100多起,凭借对管网的精准掌握,仿佛成了一张"活地图",无论哪处出现问题,他都能迅速提出解决方案。

爱岗敬业,夙夜在公,守护城市排水安全

城市的排水系统是防汛工作的关键防线,陈惠民始终坚守在这条防线上。早春的惊雷犹如战令,即便凌晨,他也会立即起床调度排涝工作。晨光熹微,他的身影已出现在易涝点,有序调配人员和车辆,有条不紊地处置紧急积水险情。常常积水退去时,已是深夜。污水管里污浊不堪,蛇虫鼠蚁更是常客,尽管他笑称这是最"脏"的工作岗位,却始终甘之如饴。入职以来,他一直秉持"积水不退,我不退"的干劲,默默坚守在城市管理一线,只为将城市最美的一面留给百姓。

2023年,在一次巡查工作中,陈惠民不幸脚部受伤骨折,患处打上石膏

后行动不便。但他边治边干，把电脑搬回家中居家办公。仅治疗伤情一周多，他便坚持拄拐上班。因长期加班劳累，他曾出现面瘫症状，医生、家人和同事都劝他多休息，但面对雨污分流改造冲刺阶段的关键节点，他毅然坚持单位、医院两头跑，确保工作得以顺利开展。在他和同事们的共同努力下，经开区排水单元雨污分流改造工作取得了全市第一个全面开工、第一个全面完工、第一个全面达标验收"三个第一"的好成绩。

刻苦钻研，勇于创新，攻克排水治理难题

近几年，雨污分流建设、管道管理工作面临压力大、工作量大、专业技术力量少的困境。陈惠民常常熬夜加班，半夜回家成为常态，日渐稀少的头发也成为他自嘲的对象。但正是这颗"不长毛"的聪明脑袋，在面对难题时总能创意无限。

2022年初，全市掀起雨污分流改造热潮，陈惠民主动请缨，凭借自身

的专业知识，收集资料、翻阅地图、实地踏勘，仅用 2 个月时间，带领设计单位绘制出经开区 527 个排水单元网格图和排水单元基本信息表。春节期间，他加班加点完善图纸，为排水单元雨污分流改造工作打下了坚实基础。

陈惠民深度参与修改排水单元雨污分流改造方案，参与施工及验收管理工作。在不影响白天正常工作的情况下，他主动放弃周末及晚间休息时间，充分发挥专业特长，带领设计团队，利用 3 个月时间对其负责的排水单元项目逐一详细勘查现场，因地施策，不断优化设计图纸，将每分钱都用到刀刃上。在夜以继日的不懈努力下，他最终将项目的总投资优化，节省了上亿元资金。

在排水单元改造收尾阶段，陈惠民又主动发起市政雨污管网查漏补缺工作，对排水单元雨污分流改造、市政合流管道雨污分流改造的实际效果进行补强，逐步完善市政管道，将管网连点成片，形成一套完整的系统。面对繁杂的查漏补缺工作不时冒出的千奇百怪的问题，他总能耐心化解。对查出的问题他时时放心不下，探索出问题解决的"两步法"：对于能立行立改的问题，现场立马调度整改，压实责任；对于一时难以解决的问题，实

时更新、做好记录，进一步研究解决。

陈惠民忧百姓之所忧、急百姓之所急，加紧推进积水点改造工作。他带队反复踏勘现场，仔细分析内涝原因，精准测量现场数据，本着花小钱办大事的原则，利用2年时间就基本解决了桂苑大街北京银行段、桂苑大街乐盈广场段、经开大道欣旺达段、飞鸿大街下穿铁路涵洞、志敏大道下穿铁路涵洞等多处点位的严重内涝积水问题。近年来，已完成整治的点位未再出现内涝中断交通的现象，整治效果显著。

组织认可，群众好评，践行初心使命

入职以来，陈惠民始终秉持"凡事多想一点、多走几步、多试几遍、多沟通几回"的工作思路，扎根雨污管网治理一线。因工作突出，他所在的单位获推荐申报江西省防汛救灾先进集体；在2022年全市月度涉水考核工作中，他带领团队取得了6个月第1名和多个月第2名的好成绩。他个人也获得了诸多荣誉，如2019年度南昌临空经济区（赣江新区临空组团）绩效考核优秀个人等。

陈惠民主导的积水点改造畅通了交通，基本扭转了雨天"坐船看海"的局面，让群众实实在在地感受到了政府的高效作为，获得了群众的广泛好评。良好的生态环境是实现中华民族永续发展的内在要求，也是增进民生福祉的重要保障，更是建设美丽中国的重要基础。"惠民"，是他名字的注脚，亦是他永恒的人生追求。在城市深处那隐匿于视野之外的地下管网世界里，陈惠民仍将坚守初心，深耕于水环境治理这一关键领域。他以专业为笔，以责任为墨，持续优化城市排水系统，守护每一寸管网的畅通无阻。他深知，每一股清澈的水流，每一次积水的消退，都是提升人民群众幸福生活指数的关键一步。因此，他将一如既往地拼搏奋进，用实际行动诠释担当，为城市的繁荣与百姓的安宁贡献全部心力，让城市的"血脉"永远畅通，让百姓的生活永远美好。

李国根

致敬词

救人于水火之中,刻在骨子里的基因,你随时等待着唤醒。

英雄本色映初心　平凡善举铸丰碑
——记"三风"榜样人物李国根

李国根，男，1964年出生，中共党员，现为江西科技学院总务处水电科教职工、校职工代表及工会代表。在江西科技学院的校园里，有这样一位身穿靛蓝色制服的水电工人：他身形瘦小，皮肤黝黑，脸上总洋溢着淳朴的笑容；他关心同事、主动付出，是同事眼中的好大哥；他技术娴熟、业务精湛，是师生眼中的好师傅。就是这样一个在平凡岗位上默默奉献的普通人，却在岁月的长河里用行动谱写了一曲曲舍己救人的英雄赞歌。2024年10月，他荣登2024年第三季度"江西好人"榜单，成为人们心目中的道德标杆。

危急时刻挺身而出，4次义举奏响生命赞歌

说起最近一次跳水救人的经历，李国根摆摆手说："也不是什么大事，不值得'老提'。我觉得没有什么，不论谁遇到那种情况，都会出于本能第一时间伸手施救的。"据他回忆，2024年6月29日下午5点左右，正在自

身边的感动

—— "兴家风、淳民风、正社风"2024年度南昌市榜样人物

家储藏间门口修理电风扇的李国根，突然听到河边传来"救命"的疾呼声。他立刻丢下手中的工具，飞奔到河边查看。只见在呼救人位置下游2米远的水面上，一个孩子漂浮着一动不动。李国根见状，毫不犹豫地跳入水中，迅速将孩子捞起。他将孩子放在河坎下，用左膝盖顶住孩子的腹部，让孩子头朝下，同时不停地拍打孩子的肩背部进行控水。经过两三分钟的紧急施救，孩子终于有了反应。李国根随即招呼岸上的村民帮忙，将孩子安全送上岸。由于抢救及时，孩子送医救治后已无大碍。

这并非李国根第一次挺身而出。1985年冬季，20岁出头的李国根第一次从冰冷的河水中救起了一名落水者。当时，寒冷的北风呼啸，刺骨的河水让人难以忍受，但李国根没有丝毫犹豫，迅速跳入水中，将落水者成功救起。1987年夏季，上门维修家电的李国根发现一名触电男孩躺在地上口吐白沫，他立即对男孩实施心肺复苏，成功挽救了男孩的生命。2018年，

李国根在下班途中听到呼救声，毫不犹豫地跳入湍急的河水中，将一名落水妇女推到岸边。多年来，李国根先后4次在危急时刻伸出援手，挽救了多条生命。

在领导、同事、朋友眼里，李国根虽然不善言辞，但正直、淳朴、乐于助人。李国根总是说："下次遇到需要救人的危急时刻，该出手时我还是会出手。"简单的一句话，道出了李国根内心的质朴与真诚。

优良家风代代传承，善念善举润泽后人

多年来，一个个险些逝去的生命在李国根的营救下获得了新生。虽然每一次壮举都发生在瞬间，但见义勇为的品格和精神却是在平常的每一次行为中锤炼出来的。当被问及哪来的勇气让他一次又一次毫不犹豫地伸出援手时，李国根坦言，这源于他的父亲——一位老党员的言传身教。在他的记忆里，父亲乐于助人，村里只要有需要帮忙的地方，父亲都会毫不犹豫地伸出援手。父

亲经常教育他要做一个正直善良、有担当的人。李国根传承了父亲的精神，并将这份精神财富传递给了下一代。

"在自己有能力的时候，尽可能地帮助他人，回报社会"，这是李国根常用来教育子女的一句话。正是在这种朴素认知的影响下，淳朴的家风、坚定的理想信念，已在李国根家庭中悄然传承。李国根的女儿热心公益事业，学生时期报名参加了"西部计划"，在西部基层扎根3年多，回来后又投身全省未成年人保护工作10余年。李国根的儿子大学毕业后，义无反顾地选择扎根西北，从事地质调查及矿产勘查工作，为我国资源能源保障默默奋斗。李国根欣慰地说："作为父亲，我非常支持他们的选择。能用自己的所学知识切实帮助有需要的人，是一件非常有意义的事。"

立足岗位默默奉献，平凡坚守诠释为民初心

如今已经60岁的李国根，依然坚守在工作岗位上，为的就是能继续为社会服务。他坚持做好本职工作，用心保障校园用电、用水安全。在日

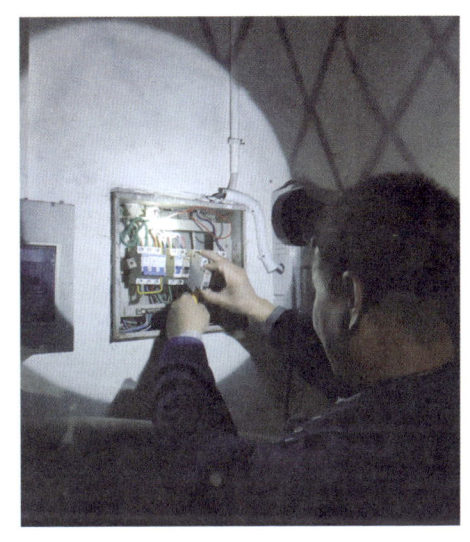

常工作中,他总会向同学们普及用电、用水安全知识,提醒大家时刻绷紧"安全"这根弦;在工作之余,他也时不时在工作群里分享防溺水和安全用电、用水知识。在他看来,能把自己的本职工作做好,在平凡的岗位上做好每一件平凡的事,服务好师生、服务好人民,这才是立身之本,也是实现人生价值的基石。

英雄不一定要有"惊天地泣鬼神"的丰功伟绩,也不一定像"身披金甲圣衣、脚踏七彩祥云"那般灿烂夺目。有时候,他们可能就在我们身边,以平凡之躯书写不平凡之举,用点滴善举诠释大爱与勇敢。李国根常常说,希望他的行为能成为一盏灯,照亮更多人前行的道路,尤其是那些年轻的同学。他期待他们能心怀崇德向善之心,勇于担当,不为个人得失所累,未来都能成为社会的栋梁之材。李国根的每一次善举,每一次援手,都是对友爱与互助精神的生动诠释,都是对无私奉献精神的默默践行。他用自己的行动,悄然传递着社会的正能量,让这份温暖在更多人心中生根发芽。

曹和槐

致敬词

扎根在乡村，健康守门人，你们携手呵护乡亲。

大山深处杏林暖 医者仁心情满乡
——记"三风"榜样人物曹和槐

在大山深处的湾里管理局罗亭镇上坂村,有一对夫妻,他们用30年的坚守与奉献,谱写了一曲动人的乡村医疗赞歌,诠释了医者仁心的真正含义。他们就是曹和槐、柯冬凤。他们以村卫生室为阵地,以乡村为舞台,用青春和汗水为乡亲们筑起了一道坚实的健康防线。

情系乡村,夫妻同心服务基层

曹和槐、柯冬凤的家庭看似平凡,却有着不平凡的故事。小时候,曹和槐目睹了医疗条件简陋而导致的生离死别,从那时起,做村医的梦想便在他的心中生根发芽。"小时候医疗条件十分简陋,我见过有的人生小病而造成生离死别。"曹和槐回忆道。在他看来,城里资源丰富、人才济济,而在乡村,老百姓信任他们,更需要他们。于是,从卫校毕业后,曹和槐与妻子柯冬凤带着满腔热情回到家乡,开始了他们长达30年的乡村医疗生涯。

乡村医疗条件不能和城里比,没有医生轮班,没有细分的科室,所有

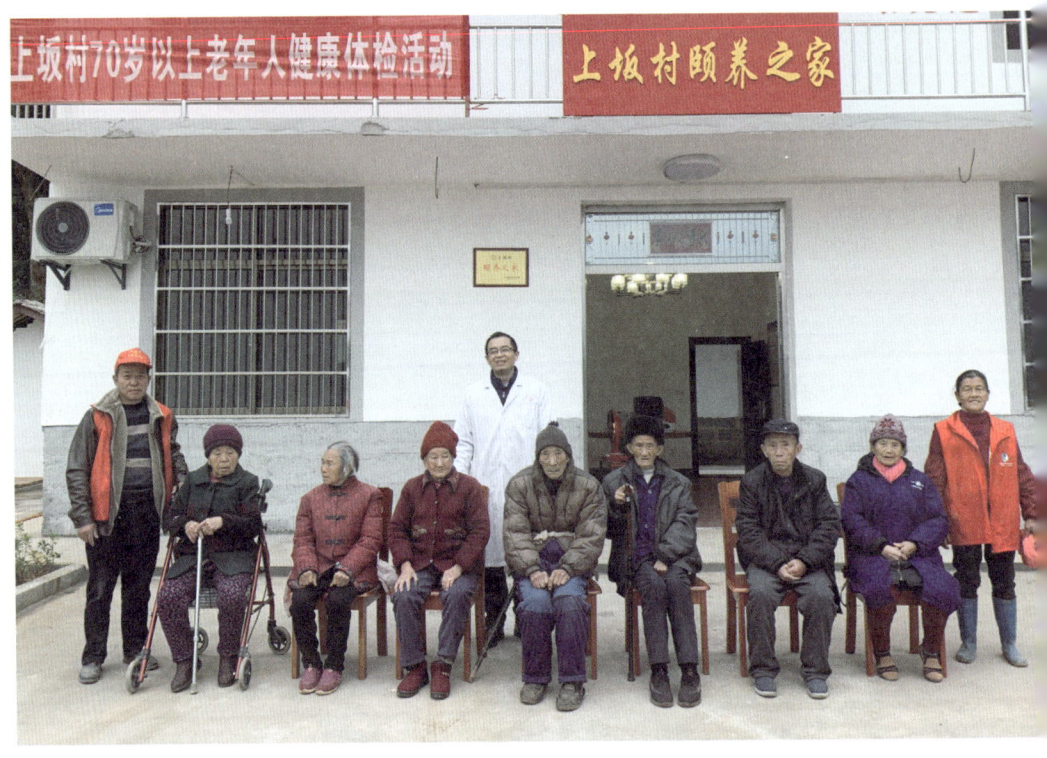

的诊疗工作都靠他们夫妻二人。他们既是夫妻，又是同事，村民们既是患者，又是街坊邻居。村卫生室一年365天都正常开门，村民们都有曹和槐夫妻二人的手机号码。无论何时，只要村民打个电话，哪怕是深更半夜，夫妻俩都会毫不犹豫地赶到村民家中问诊。妻子柯冬凤坦言："这个门不能关，关了老百姓找不到我们，他们心里着急，我们心里也觉得不踏实。"简单的话语，道出了他们对村民的深情厚谊，也彰显了他们作为医者的责任与担当。

心系群众，夫妻协力推进医改

在农村，医疗服务水平相对落后，村民看病难、看病贵的问题一直困

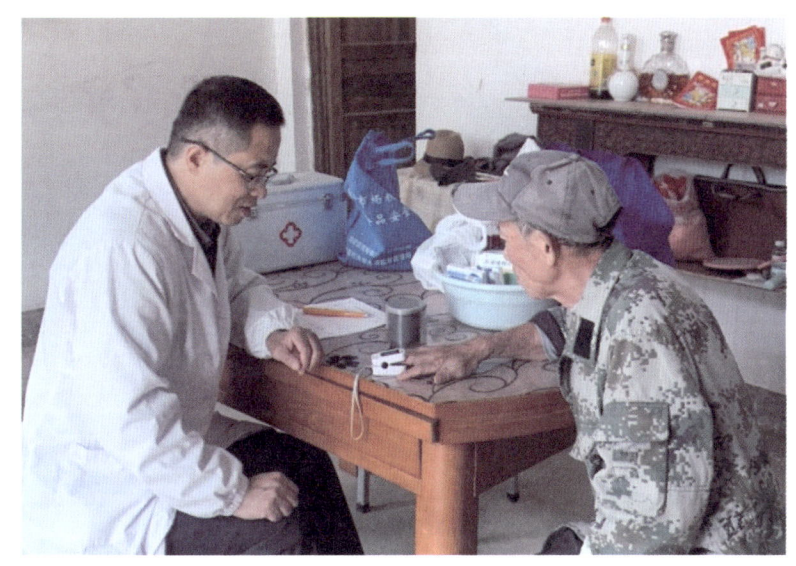

扰着大家。曹和槐、柯冬凤看在眼里,急在心里。于是,他们决定出诊免收就诊费,零利润售药。30年来,他们共接诊病人11万余人次,出诊2.5万余人次。起初,政府补贴有限,他们就自己贴补亏空,从未有过丝毫抱怨。随着国家对农村医疗卫生事业的重视,农村医疗服务水平逐步提升。夫妻俩积极宣传国家医改政策,严格执行国家基本药品目录制度,实行药品零差价销售,从不多收病人一分钱。他们用自己的实际行动,积极响应国家政策,有效解决了村民看病难、看病贵的问题。

在曹和槐、柯冬凤夫妻俩的努力下,村卫生室焕然一新,实现了功能分区,各项管理制度也日益完善,为村民提供了更加规范、便捷的医疗服务。新农合门诊统筹报销政策的实施,让村民们在卫生室看病就能报销药

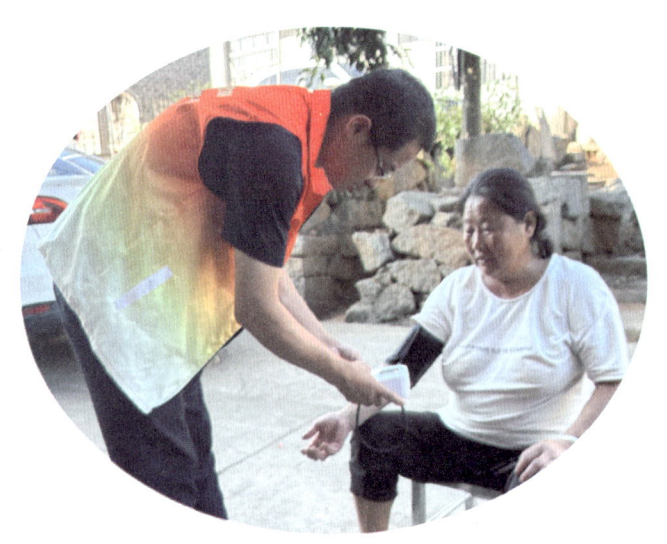

费。曹和槐、柯冬凤把党和政府的惠民政策落到实处，赢得了广大村民的支持、拥护和称赞，成为村民健康的"守门人"。

立德树人，传承优良家风

曹和槐、柯冬凤在完成本职工作的同时，也将家庭经营得美满幸福。夫妻俩感情融洽，从不为小事争吵；关心孝顺老人，即使再忙也坚持抽空陪伴老人；以身作则，为儿女树立榜样。在他们的言传身教下，儿女都自立自强，在生活上独立自主，在思想上力求上进，在事业上努力拼搏。

曹和槐、柯冬凤夫妇30年的坚守与奉献，收获了社会各界的广泛认可。曹和槐荣获南昌市"最美职工"、湾里管理局"优秀医务工作者"、南昌市"道德模范"等荣誉。妻子柯冬凤同样表现突

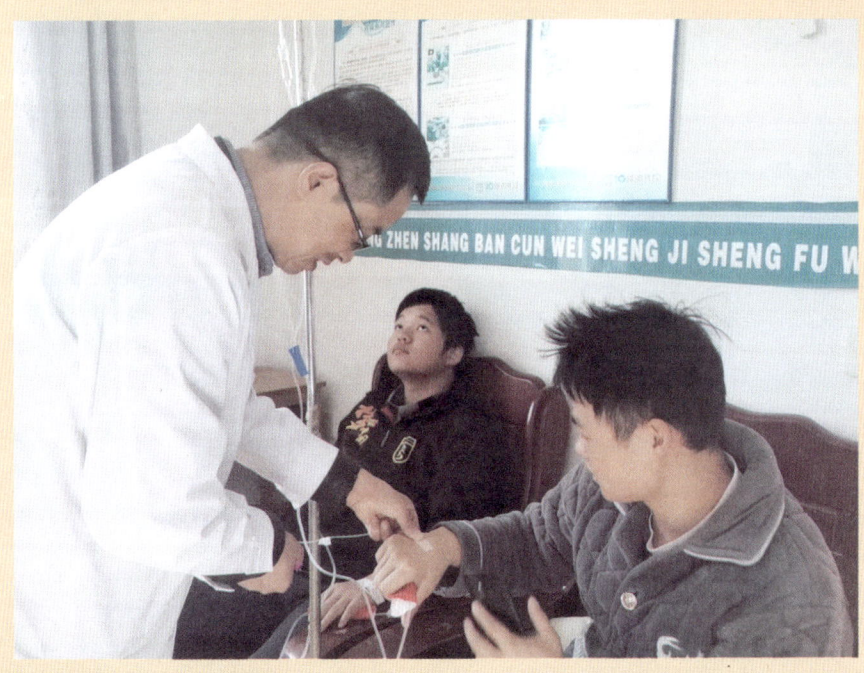

出，荣获湾里管理局"三八红旗手"、南昌市"新时代赣鄱先锋"等荣誉。2022年，夫妻二人共同荣获南昌市"最美基层医务工作者"称号。2023年，他们的家庭获评南昌市"最美家庭"。

这些荣誉不仅是对曹和槐、柯冬凤夫妇三十年如一日扎根基层、服务乡村的充分肯定，更是对他们"医者仁心、大爱无疆"职业精神和"孝老爱亲、和睦友善"优良家风的高度赞誉。每一份荣誉背后，都凝结着他们救死扶伤的辛勤汗水，见证着他们相濡以沫的伉俪情深，彰显着他们言传身教的家风传承。

30载春秋更迭，从晨光熹微到星垂平野，从青丝如瀑到霜染双鬓，曹和槐、柯冬凤这对白衣伉俪始终守护在乡亲们的身旁。岁月在他们脸上刻下痕迹，却从未磨灭他们赤诚的医者仁心。如今，他们最朴素的愿望不过是时光能走得慢些，让他们的脚步能在这条山路上多行一程，让他们的双手能为乡亲们多把一次脉，让这方水土的乡民能多享一份安康。那袭洗得发黄的白大褂，那个磨得发亮的医药箱，早已成为这个小山村最动人的风景。

施高峰

致敬词

乡村振兴，产业兴旺，你永葆军人本色，把心放在路上。

大道匠心：一名退伍老兵的公路人生
——记"三风"榜样人物施高峰

施高峰，男，1977年出生，中共党员，现为南昌市公路事业发展中心南昌分中心昌万道班班长。施高峰是一名有着26年党龄的退役军人，在公路养护一线坚守了15载，用行动诠释着"铺路石"精神。他荣获市公路事业发展中心"先进工作者""优秀党员"等荣誉，所在的昌万道班也多次被评为"先进班组"。

坚守初心，敬业奉献显担当

从军营到公路养护一线，施高峰退伍不褪色，将吃苦耐劳、勇于奉献的军旅精神融入公路养护事业。他的家距离道班有一个多小时车程，但他总是来得最早、走得最晚。为了尽快熟悉公路养护业务，不辜负组织和职工的信任，他每天早上提前检查养护设施和物资，下班后又精心安排第二天的作业计划，为一天的工作做好充分准备。

昌万道班管养着G353国道20公里线路，养护线路长，沿线村庄平交

路口多,国道交通量大。担任班长的施高峰深知肩上的责任重大。为了更好地掌握路面状况,他经常徒步巡查,哪里出现病害,哪段边沟需要清理,他都一一记录在册。通过不断学习公路养护技术,他很快成为公路养护的行家里手。

晴天一身灰、雨天一身泥,这是公路养护工最真实的写照。公路养护工常被称为"城市外围的环卫工",然而,施高峰和队员们的工作却远不止于此。他们要在车水马龙中做好公路保洁,还要清边沟、疏涵洞、修草木、补裂缝……他们坚持每天上路作业不少于8小时。夏天,他们在地面温度高达50多度的高温下修补坑槽,汗水湿透了衣裳,却抵不过他们火热的干劲;寒冬,他们在风雪交加中扫雪除冰,风雪刺痛了脸颊,却扑不灭他们保畅的热情。

在施高峰看来,自己就像公路的基石,朴实又不可或缺。正是这种强烈的责任感和使命感,让施高峰把路上的每一个问题都视为心头大事,用坚守与奉献守护着公路的安全畅通。

身边的感动
——"兴家风、淳民风、正社风"2024年度南昌市榜样人物

勤学苦练、潜心钻研强本领

公路养护不是简单的体力劳动,其中蕴含着不少学问。退伍之初的施高峰也曾是公路养护的"小白",但他凭借一股钻劲,逐渐成为公路养护的行家里手。

"人不管干哪一行,必须干一行爱一行,只有不断地汲取新知识,学会新技术,我们才能更好地服务公路、服务人民。"施高峰是这么说的,也是这么要求自己的。从事公路养护工作以来,他非常注重提升自己的公路养护业务水平,坚持向前辈和先进学习。无论是公路养护

技术规范,还是路面作业的实操技能,他都要求自己学懂弄通。经过一段时间的摸索实践,他很快就熟练掌握了公路养护的基本技能和路面病害修复的每一道工序。

勤于钻研的施高峰能通过路面病害程度,快速计算出坑槽修补用料数量,避免了浪费,提升了路面维修效率。他还把在部队学到的机修技能带到工作中,道班养护车辆和机械设备的一些小毛病,他经常自己动手解决,为单位节省了不少设备维修经费。昌万公路两侧树多草杂,他和队友们摸索改良修剪工序和方法,提高了作业效率,降低了劳动强度。

风雨无阻,冲锋在前保畅通

在灾害天气面前,施高峰成了队友眼中的"拼命三郎"。他坚持24小时待命,只要路上有险情,他总是第一时间出现在抢险一线,保障群众出行安全。

身边的感动
——"兴家风、淳民风、正社风"2024年度南昌市榜样人物

2024年1月22日,一场突如其来的寒潮大雪天气导致国省公路出现路面积雪结冰现象,给公路安全畅通带来了极大挑战。接到预警后,施高峰和队友们选择全天候值守,吃住在道班。为防止雨雪冰冻引发的路面打滑,他们以"雪"为令,与时间赛跑,与严寒对抗。他们白天清理路面积雪,晚上每隔1小时对桥梁撒盐除冰作业。刺骨的寒风没有阻挡他们坚定的信念,在连续三天三夜的坚守奋战中,他们为过往车辆筑牢了安全防线。

2024年3月31日凌晨,南昌遭遇罕见雷暴大风天气。受恶劣天气影响,昌万道班管养的G353国道塘南段、泾口段多处出现路树倒伏灾情,交通被阻断。凌晨3点,施高峰带领班组成员立即赶往受灾现场开展抢险救灾工作。由于灾情严重,铲车等设备无法顺利到达现场实施抢险,他带领大家锯开横倒的树木,手搬肩扛清理路障。雨水和着汗水湿透了

衣服，折断的树枝刮破了手臂，他却全然不顾。经过 4 个多小时的奋力抢险，他们终于赶在早高峰前恢复了全线正常通车。

热爱生活，暖心陪伴护家人

尽管繁忙的工作占据了施高峰陪伴家人的时间，但他的家庭从不缺少爱的温馨。他有一手好厨艺，妻子和女儿都爱吃他做的菜。只要一有空，他就会穿上围裙，成为家里的"大厨"。他热爱生活，总是喜笑颜开，是家里的"开心果"。

2021 年正值女儿高考冲刺阶段，施高峰在完成繁重的公路养护工作之余，始终心系家庭。为缓解女儿的备考压力，他时常精心准备小惊喜，用乐观积极的态度为家庭营造温馨氛围。最终女儿以优异成绩考入了理想学府，实现了人生的重要跨越。

在日常生活中，细心的家人发现施高峰总是习惯用左手与她们握手。原来，这位常年与养护工具为伴的公路人，右手早已布满厚实的老茧。他选择用左手传递家的温暖，而将那布满岁月痕迹的右手，继续奉献给守护公路平安的神圣职责。这种无言的体贴，正是他对家人最深沉的爱意表达。

"以汗水浇灌责任，用坚守诠释担当。"施高峰将对事业的追求与人生价值的实现，深深镌刻在平凡的公路养护岗位上。他以实际行动生动诠释了新时代"铺路石"精神的内涵——甘于平凡而不甘于平庸，立足本职而胸怀大局。这种在平凡中铸就的非凡的精神品格，不仅彰显了公路养护工作者的职业操守，更展现了一名共产党员的初心使命。施高峰的先进事迹必将激励更多人在各自岗位上踔厉奋发，为全面建设社会主义现代化国家贡献智慧和力量。

刘向的

致敬词

无畏的『检察蓝』，群众的贴心人，
你用坚守点燃正义之光。

践行司法为民初心
以"检察蓝"守护公平正义
——记"三风"榜样人物刘向的

刘向的，女，1984年出生，中共党员，现为南昌市人民检察院第一检察部副主任，四级高级检察官。2010年，她踏入南昌市人民检察院的大门，从此扎根公诉岗位、奋战办案一线。她说："我很幸运，因为我能在最好的年华，选择最热爱的工作，然后看到了在热爱中闪闪发光的自己。"她用青春和热血诠释着检察官的使命与担当，用行动践行着司法为民的初心。

同事口中问不倒的"活法典"

走进刘向的的办公室，满目皆是书籍，从厚重的法典到各类刑法学著作，再到社会学、心理学的书籍，她所涉知识领域非常广泛。她的微信关联了数十个法律公众号，她对最高人民法院刑事审判第一、二、三、四、

身边的感动
——"兴家风、淳民风、正社风"2024年度南昌市榜样人物

五庭编写的《刑事审判参考》中的上千个案例更是如数家珍。"有什么专业问题，问她准没错"，这是刘向的的同事们达成的"共识"。

"记得有一次，我们部门就犯罪嫌疑人行为的定性讨论了很久，始终没有形成一致意见。我打电话请教她，她立即告诉我实践中存在的4种不同观点及依据，并具体提到有一个12年前的权威的指导案例可供参考，彻底震惊了我。"刘向的的同事回忆道。

踏入公诉岗位伊始，刘向的就给自己定下了一个"小目标"：即使工作再忙，家庭琐事再多，每天都要保证至少一个小时的学习时间。她复盘办理的案件，温故而知新；学习新出台的法律法规和理论知识，与时俱进。正是凭着这股十几年如一日的韧劲，刘向的从一名公诉"新兵"成长为业务能力过硬的公诉"精兵"。她先后入选首批全国检察机关普通犯罪检察人才库和常态化开展扫黑除恶斗争人才库，获得了全国十佳公诉人提名、全国

优秀公诉人、全国检察机关个人一等功、全省人民满意的公务员、江西省公诉标兵等荣誉。

公诉席上伸张正义的"检察蓝"

如今坐在公诉席上自信从容的刘向的,仍记得最初接触办案时的忐忑。公诉人都是在办案的千锤百炼中成长的。入职以来,刘向的办理了上千起刑事案件,且无一错案。她参与、指导办理大要案 30 余起,涉及经济金融、职务犯罪、扫黑除恶、民生保护等多个领域。她参与办理的省部级干部陈某某受贿、贪污、滥用职权案,获得了最高人民检察院的高度评价;她联合办理的某上市公司污染环境案,通过深挖线索发现公司的隐匿财产,成功追赃挽损 1000 余万元,实现了追赃挽损、恢复性司法等多重效果的统一;她指导办理的某醉驾案,在准确认定罪责的同时,及时正面回应网络关切,

身边的感动
—— "兴家风、淳民风、正社风"2024年度南昌市榜样人物

取得了良好的社会效果。

刘向的始终以"如我在诉"的精神，求极致、勇争先的韧劲，做实"三个善于"，认真履行着"代表国家提起公诉"的神圣职责，展现出检察人的坚定与自信。

群众身边永不缺席的"贴心人"

刘向的坚信，办理的每一个案件都不只是案件，而是别人的人生。她着力维护弱势群体的利益，用心用情将检察温度传递到每一个当事人心里。无论是为孤寡老人追回养老金，还是为遭受家庭暴力的妇女儿童伸张正义，或是为农民工追讨欠薪，她都全力以赴。看似普通的"小案"关乎着民生、联系着民心，小案也能办出大文章。

在数不清的来自当事人的"点赞"中，令刘向的记忆深刻的是两面锦旗的故事。

一面锦旗来自一起交通肇事二审案件。一个花季少女因肇事司机操作不当丧命，其父母陷入极大的悲痛之中。刘向的在审查时发现肇事司机系醉酒且无证驾驶，并在案发后有转移财产拒绝履行赔偿义务的行为。于是，她依法果断提出抗诉，认为肇事司机具有从重处罚情形。最终，二审法院支持了她的抗诉意见，并帮助被害人家属拿到了所有赔偿金。为表感谢，被害人家属特意从千里之外的辽宁赶来南昌，给刘向的送上了锦旗。

另一面锦旗来自一起寻衅滋事申诉案，这也是刘向的成功化解的10余起"老大难"群众信访案件之一。申诉人对案件处理决定不服，多次到政法部门信访，其间情绪激动、言辞激烈。刘向的先后10余次和申诉人面对面沟通，并3次上门家访，充分了解申诉人的诉求，最大限度安抚申诉人的情绪。同时，她严把办案"质量关"，准确区分案件事实与法律适用，不仅做到了对法律的严格执行，也做到了对情理的深刻把握，最终将不起诉理由改为"没有犯罪事实"。接到结果通知书后，申诉人带着锦旗来到检察院，激动地表示："这面锦旗，我一定要当面送到刘检察官手中。"

刘向的用实际行动诠释着检察人的责任与担当。在全市检察机关开展的"青蓝工程"中，她主动请缨，倾力发挥"传帮带"作用，向年轻干警传授专业技能与工作经验。她以师徒间的紧密合作与共同努力，为南昌检察事业注入了源源不断的活力，汇聚起持续向前发展的强大动力。

在未来的工作中，刘向的将带领年轻干警秉持"干字当头、奋发有为"的精神，锚定"走在前、勇争先、善作为"的目标，将"高质效办好每一个案件"作为新时代检察履职的核心追求，以忠诚与担当续写检察为民的新篇章。

季松英

致敬词

手足有真情，生活总能挺，你知冷知热知心。

23载不言苦 "长嫂如母"扬家风
——记"三风"榜样人物季松英

季松英，女，1946年出生，湾里管理局站前街道江如社区居民。家风是中华文化的缩影，是一个家族的灵魂，更是中华文化得以传承的纽带。季松英用实际行动诠释了优良品德，谱写了优秀家风。她以平凡的坚守，书写了不凡的篇章，用点滴善举感动了邻里，用无私奉献温暖了社会，成为人们心中当之无愧的榜样。她曾获评2023年"南昌好人"、2023年第四季度"江西好人"。

一个称呼，担起一生责任

"嫂子，嫂子！"一声声轻唤，是季松英一生的责任。季松英的小叔子张达权，年幼时小儿麻痹症未得到及时治疗，导致智力和肢体双重残疾，失去生活自理能力。多年来，季松英的公婆一直尽力照顾着张达权，尽管生活条件艰苦，但他们始终没有放弃。然而，命运无常，在季松英与张兴元结婚后，公婆相继离世，照顾小叔子的重任便落在了季松英和丈夫的肩

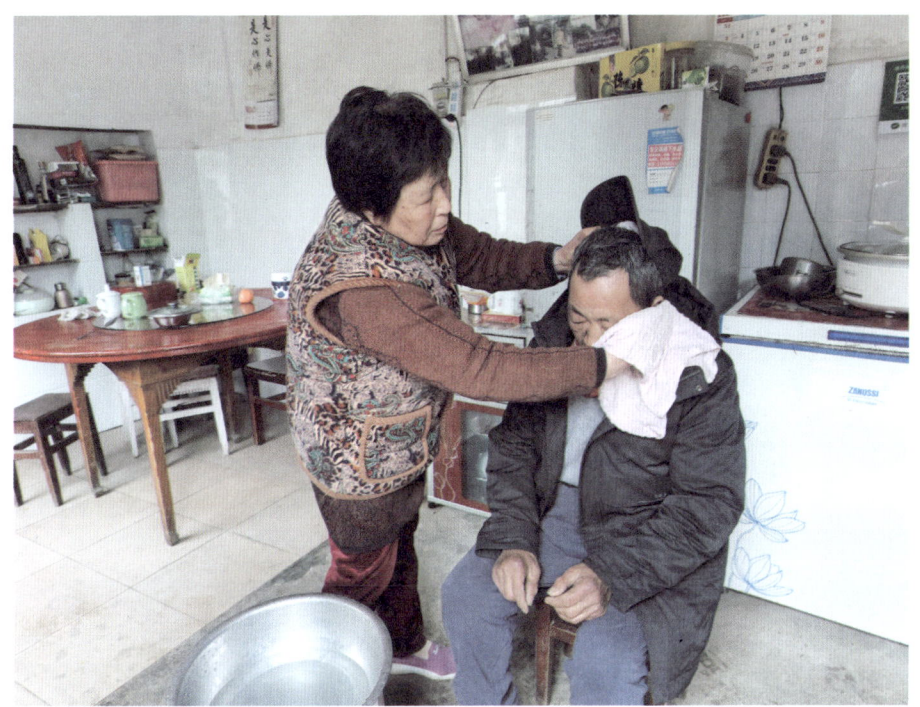

上。这一坚守，便是 23 年。

季松英一边打零工维持生计，一边操持家务、照顾 4 个孩子和小叔子，生活过得十分艰辛。面对娘家亲戚的劝说："这样一个智力有障碍的弟弟，管他干啥，别把自己累坏了"，季松英却平静地回应："我是他亲嫂子，我不照顾他，谁来照顾？"质朴的话语，如同一盏明灯，照亮了她内心深处的坚守与担当，也温暖了身边的每一个人。

两次变故，扛起整片天地

1993 年，命运再次向季松英伸出"魔爪"。丈夫张兴元因常年在粉尘环

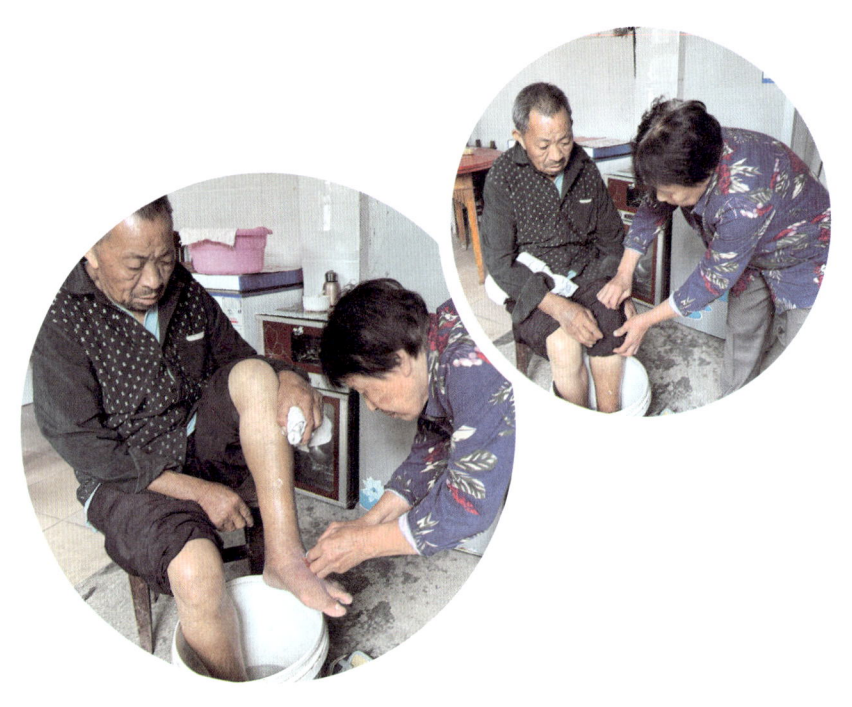

境下工作，患上硅肺病，失去劳动能力。家庭的重担一下子全落在了季松英一人肩上。她不仅要照顾2个病人，还要抚养4个孩子。她总是忙完工作忙家务，日复一日，年复一年。

季松英从未因任务的繁重或时间的仓促，让家人吃过一顿冷饭，穿过一件脏衣服。在与人聊天时，她低着头说："其实有时候我也熬不住，背着家人抹眼泪。但哭完了，我就告诉自己，日子还是要过的。所以我擦干眼泪，换上笑容，继续生活。这么些年，我一直在坚持，哪怕再苦再累，但看到一家人和和睦睦的，我就觉得幸福。"

季松英对小叔子的关心无微不至。每天早晚，她都会端水为他洗脸、泡脚、喂饭、喂药，衣服破了她修补，脏了她清洗。要是张达权跑出去了，季松英便在街里街外寻找，生怕他出危险。在她的悉心照料下，小叔子的精神状态越来越好,现在已经可以做一些力所能及的家务了。

张达权因脚肿、气管炎等病症,每年需就诊3到4次,每次住院都在一个星期以上。季松英无微不至地照顾他,喂药、喂饭、陪他打针,日复一日,无怨无悔。她常说:"他一生病,我就非常担心和焦虑。家里困难,我年纪也大了,有时候只能推着轮椅送他去医院。但有病不是他的错,我会一直照顾他,直到我老得动不了的那一天。"

三代同室,传承优良家风

"父母是子女最好的老师。"季松英对家人的悉心照料,如春风化雨,悄然滋润着儿女们的心田。从幼年到成年,儿女们目睹母亲在生活的重压下,始终坚忍不拔地照顾着一家老小,将兄妹4人抚养成人。这份言传身教的力

量，深深触动了他们的心灵，让他们在成长过程中，不约而同地立下誓言：要像母亲一样，孝顺长辈，传承这份温暖与责任。

"不是一家人，不进一家门。"兄妹4人在休息时，总会来到母亲身边，帮助打扫屋前屋后，带叔叔到街上散步，周末为他做好吃的、买新衣服。下班后，他们总会抽时间去探望母亲，为她带去新鲜的水果和牛奶，送上一份温暖的关怀。一次，叔叔因脑梗住院，女儿担心母亲劳累，便主动承担起照顾叔叔的责任。她每天从家到医院奔波，为叔叔准备营养餐，下班后还会到医院陪护。她深知母亲多年来对叔叔的付出，作为晚辈，她要以母亲为榜样，扛起这份责任。

在过去的20多年里，季松英家庭以最质朴而执着的坚守，谱写了一曲感人至深的人间大爱之歌。"孝敬老人"这一中华民族源远流长的传统美德，在他们身上得以生动诠释，并代代相传，熠熠生辉。

在这个温暖的家庭中，季松英宛如一盏明灯，以自己的实际行动默默照亮和感染着每一位家庭成员。她常常语重心长地对家人说："只要我们对长辈心存敬爱，对晚辈充满关爱，做事坦荡，无愧于心，那么整个家庭就一定会和睦融洽，团结一心。"简单却深刻的话语，早已深深扎根每一位家人的心中。

倘若每一个家庭都能像季松英家一样，用包容、谦让、理解、支持、尊重和关爱串起生活的点滴，那么这世间又将诞生多少幸福而温暖的故事，家风也必将在代代相传中绽放出更加耀眼的光芒，照亮每一个家庭的幸福之路，汇聚成社会和谐、国家繁荣的强大力量。

朱金花

致敬词

以金色的信念，向着阳光绽放，你给迷茫的人指引方向。

绕指柔化百炼钢 "铿锵玫瑰"警上添"花"
——记"三风"榜样人物朱金花

朱金花，女，1988年出生，中共党员，现为南昌市第一看守所管教三中队指导员。自2010年10月投身公安工作以来，她始终坚守在监所一线，以女警独有的耐心、爱心与细心，教育管理了2000个在押人员。她用行动诠释了责任与忠诚，在平凡的岗位上绽放出耀眼光芒，以实际行动彰显了新时代榜样的力量。

勇担重任，守护正义防线

作为全省最大女子监区的负责人，朱金花肩负着维护监所安全的重任。她以高度的责任心和事业心，带领团队创造了连续20年"监区零事故、队伍零违纪"的优异成绩。自2018年9月主持中队全面工作以来，她主动承担起死刑犯、艾滋病患者以及重大案件在押人员的管理任务，确保她们顺利投送监狱，无一人因特殊疾病逃脱法律制裁。近年来，她凭借在重点人员管理和思想转化方面的卓越表现，多次受到省、市领导的表扬与肯定，为维护法律尊严和社会公平正义筑牢了坚实防线。

春风化雨，点亮希望之光

朱金花深知，监所不仅是执法场所，更是教育感化的阵地。她以文明执法、温情管理为理念，用耐心与关怀打开在押人员的心扉。在押人员廖某某患有抑郁症，入所后情绪极不稳定，抵触情绪严重。朱金花从人性化管理入手，时常关心她的心理状况，逐渐赢得了她的信任。得知廖某某因父亲意外离世而情绪崩溃后，朱金花每日耐心开导、安抚，帮助她解开一个个心结，并鼓励她戒掉精神药物。出所后，廖某某凭借自身努力成功经营一家知名连锁餐饮店，开启了新的人生篇章。朱金花常说："管教人员一个友善的举动、一个鼓励的眼神，都可能让在押人员重拾'二次为人'

身边的感动 Shenbian de Gandong
—— "兴家风、淳民风、正社风" 2024 年度南昌市榜样人物

的信心。"朱金花用实际行动诠释了"教育为主，惩罚为辅"的监所工作理念，充分发挥了监所教育感化的阵地优势，化解矛盾10余起。

创新实践，传承先进经验

朱金花将邱娥国工作法与监管民警日常工作紧密结合，创新性地提出"一图、二本、三诀、四勤、五心"工作法。她用不懈努力和持之以恒的坚持，将先进经验推广应用，改变了以往"一看二守三送走"的传统观念，推动监所工作持续向善。她始终保持只争朝夕、奋发有为的奋斗姿态，牢固树立"昼无为、夜难寐"的责任感，以真诚与热忱、实干与关怀赢得全体民警和在押人员的信任与赞誉。

荣誉加身，彰显榜样力量

朱金花用大写的"责任"践行铮铮誓言，用默默无闻的付出诠释"无限忠诚"的真正意义。她的工作得到了各级领导的高度认可，她荣获南昌青年五四奖章、江西省优秀人民警察、邱娥国式优秀政法干警等多项荣誉。她所在的女子中队获评江西省三八红旗集体、江西省优秀公安基层单位等荣誉。

朱金花，这位警营中的"铿锵玫瑰"，以柔肩担重任，用爱心与耐心点亮在押人员的希望之光，用创新与实干传承先进经验，为公安监管事业书写了浓墨重彩的一笔。她的事迹激励着每一位民警，也让我们看到了新时代公安队伍的忠诚与担当。

万浪标

致敬词

擦亮了自己，照亮了他人，最美家风代代传承！

以身作则传家风　携手共育"向阳花"
——记"三风"榜样人物万浪标

万浪标，男，1971年出生，中共党员，现为南昌市家庭教育学会副会长。他从乡村走向城市，凭借深厚的家风底蕴和不懈努力，从一名教师成长为心理咨询师和家庭教育传播者。他的人生历程，生动诠释了"擦亮自我，点亮他人世界"的深刻内涵。

传承家风，书香满室

在万浪标的家庭中，勤劳和智慧宛如轻柔的春风，悄然拂过生活的每一个角落，让这个家在岁月的流转里愈发温暖而充满力量。他的母亲虽已年过八旬，但仍坚持在田间辛勤劳作，每当收获季节，母亲总是精心挑选新鲜的蔬菜，嘱咐子女带回城里。这份来自土地的馈赠，承载着母亲的关爱，温暖着每一个家人的心。他的父亲则每日沉浸在书海与笔墨之间，展现出对知识的无尽追求。在这样的家庭氛围熏陶下，万浪标自小便养成了勤劳、善良、好学的品质。即便年过半百，他仍保持着旺盛的学习热

情，甚至在肋骨骨折休养期间，也不忘前往北京大学第六医院深造，学习家庭治疗技术，并坚持举办家庭教育讲座，传播知识。

万浪标的家，是一个充满书香与爱的港湾。为了给仅6个月大的孙女营造浓厚的书香氛围，万浪标将客厅改造成书房，坚信"最好的学区房，是家庭的书房"。此外，他还与爱人携手投身家庭教育事业，和儿子、儿媳共同参与市妇联的幸福家庭成长中心线上公益学习平台建设，展现了家庭团结协作的力量。凭借优良的家风，2018年，万浪标家庭被省妇联、省文明办评为江西省首批书香家庭；2023年，万浪标家庭又获评江西省最美家庭。

传播知识，温暖万家

万浪标不仅注重自我提升，更努力成为照亮他人的光。自2015年起，他在县城小巷中发起了"相约星期三"家庭教育活动，带领家长们共读、共议，组织的读书会超过100场，为无数家庭点亮了希望之灯。2018年底，南昌市妇联推出"幸福家庭成长计划"，万浪标受邀成为市妇联家庭教育公益讲师团团长，他带领团队深入学校、社区、乡村，仅2020年就开展家庭教育公益讲座100余场。2019年，他被省妇联聘为讲师团副团长，还受邀为省公安厅、省民政厅、江西日报社等单位举办廉洁家风讲座。

幸福家庭成长中心线上公益学习平台自创建以来，服务家长超过30万人次，成为家庭教育领域的一面旗帜。在万浪标的引领下，许多家庭走出了困惑与迷茫，找到了幸福的方向。

同时，万浪标还为省、市、县各级培育了大批家庭教育讲师与指导者，这些工作者成为各地家庭教育领域的中坚力量。2023年，他被全国家庭教育学会评为家庭教育公益人物。

点亮生命，唤醒希望

作为一名心理咨询师，万浪标深知每一个生命都值得被看见与尊重。他坚持关注孩子的成长，努力唤醒每一个"昏睡的灵魂"。2022年，市妇联组织开展留守儿童关爱项目，万浪标率领40余位家庭教育指导者，为120位留守儿童及其家庭提供专业心理辅导与家庭教育指导，赢得了社会的广泛赞誉。在他的帮助下，无数孩子与家庭走出了困境，重拾了生活的信心与希望。

身边的感动
—— "兴家风、淳民风、正社风"2024年度南昌市榜样人物

近年来，万浪标辅导的学生超过2000人次。有一位单亲妈妈，她的孩子被诊断为抑郁状态，甚至有自杀想法，退学在家已2年，而她自己也身患重病。在万浪标的辅导下，这个孩子最终走出家门，成功考入了大学，母亲也逐渐变得乐观开朗起来。咨询结束时，这位单亲妈妈眼含热泪地说："是万老师为我家带来了新的希望。"

多年来，万浪标的付出得到了社会的广泛认可，他荣获南昌市优秀辅导员、江西最美社科人、全国社科联优秀社会组织工作者等荣誉。他用实际行动证明，一个人只要不断擦亮自己，就能成为照亮他人世界的光。

万浪标，他是孩子的知心人，是家庭教育的点灯人，更是无数家庭的"心灵之灯"。他正以智慧与爱心，照亮无数家庭与孩子的成长之路。

黄茜

致敬词

一点青阳,期盼春风荡漾,种下种子,你不慌不忙静待蓬勃生长。

用爱赋能伴成长　潜心执教育未来
——记"三风"榜样人物黄茜

黄茜，女，1984年出生，中共党员，现为南昌师范附属实验小学教务处副主任。从教以来，她始终扎根教育一线，用爱与智慧浇灌学生成长，用执着与拼搏书写教育华章。她荣获全国优秀教师、全国小语十大青年名师、江西青年五四奖章、江西省最美教师等多项荣誉，是当之无愧的教育先锋。

厚积薄发，赋能专业成长

2007年，黄茜初入南昌师范附属实验小学，毫无经验却临危受命，担任鼓号队班的班主任。面对挑战，她用柔情构建齐心协力的班集体，同时以严格规范约束学生言行。短短1年，她所带班级就荣获了南昌市优秀少先队集体、优秀班集体荣誉，她个人也获得了南昌市班主任专业技能竞赛十佳全能能手等荣誉。

送走第一届学生后,黄茜决心提升自我。2018年,她参加南昌市小学语文教师素养大赛,凭借顽强毅力和不懈努力,一路过关斩将,最终在全国大赛中夺得特等奖。紧接着,她又投身中小学青年教师教学竞赛,从市赛到省赛,再到全国总决赛,无数个不眠之夜,她反复打磨文稿、练习演讲,最终取得优异成绩。她的阅读课例在全国在线直播,观摩人数高达百万,她的专业素养和育人情怀得到了社会的广泛认可。

非遗课程,凝聚文化力量

2016年,黄茜走上行政岗位,从执行者变为策划者。她深知行政工作不仅需要脚踏实地的务实精神,更离不开创新的思维和开阔的视野。为了打造校园文化特色,她带领团队深入研究教材,制订融合计划,开创了叠

身边的感动

—— "兴家风、淳民风、正社风" 2024年度南昌市榜样人物

山四季"节"奏主题融合课程的新路径。以二十四节气为依托，她探寻语言文字中的四季之美，开发了一系列非遗课程。这些课程不仅受到主流媒体的关注，更让中华优秀传统文化在学生心中生根发芽，让校园教育在有限的空间内拓展了无限可能。

最美"逆行"，诠释家国情怀

新冠疫情来袭，为了让广大学生能够"停课不停学"，黄茜积极响应省教育厅号召，投身到赣教云线上课程的录制中去。面对全新的挑战，她深知，此时她所面对的不再是熟悉的教室里那一双双专注的眼睛，而是通过屏幕连接的、来自四面八方的数以万计的学生。如何突破网络的隔阂，让每个孩子在屏幕前也能感受到如同真实课堂般的亲切与温暖，成为她亟待解决的难题。

为此，黄茜开始了无数次的尝试与探索。她将镜头当作是一双双充满求知欲的眼睛，精心设计每一个教学环节，确保画面的每一个细节都能传递出知识的温度；她把话筒当作是传递情感的桥梁，用温柔而坚定的声音，拉近与学生们的距离。在没有现场互动反馈的情况下，她凭借丰富的教学经验和对学生心理的深刻理解，努力让每一堂课都生动有趣、引人入胜。她始终坚信，虽然眼前没有学生的身影，但她的心中必须始终装着每一个鲜活的学生，用心去感受他们的需求，用爱去点燃他们的学习热情。

深度阅读，点亮璀璨未来

随着教育部新课程标准的落地，作为一线教师，黄茜一直在思考如何把整本书阅读作为触发器，由点及面，由一本到一类，真正激发学生的阅

身边的感动
——"兴家风、淳民风、正社风"2024年度南昌市榜样人物

读兴趣。她巧妙地将亲子阅读打卡、班级共读分享、社区漂流书社三者融为一体,为学生深度阅读添加"助燃剂"。

黄茜执教的《鲁滨孙漂流记》整本书阅读课,凭借创新的教学设计与深刻的育人理念,荣获教育部基础教育精品课,她也因此受邀参加了全国各地的观摩展示活动。在与各地学子共赏文学经典的过程中,她始终不忘初心,坚持将阅读的种子播撒在孩子们的心田,特别是为乡村儿童点亮了阅读的明灯。正是这份执着与坚守,让她收获了诸多殊荣。

在今后的育人之路上,黄茜将继续以赤诚之心扎根三尺讲台,与孩子们以书为舟,以梦为马,共同徜徉在知识的海洋。她深知:岁月如歌,唯有以热血浇灌方能育得桃李芬芳;前路漫漫,唯有以奋斗为笔方能书写最美青春。

袁承英

致敬词

哪怕关上一扇门,也要打开窗棂,
你让阳光照亮孩子的前程。

23载坚守初心　大爱无疆绽放芳华
——记"三风"榜样人物袁承英

　　袁承英，女，1973年出生，中共党员，现为南昌市社会福利院副院长。2001年，她怀揣着"一切为了孩子，为了一切孩子，为了孩子一切"的初心，踏入了南昌市社会福利院这个大家庭。23年来，袁承英将青春岁月毫无保留地奉献给了社会福利事业。她用无尽的爱与关怀，为孩子们撑起了一片温暖的天空，这份爱如同一束光，照亮了福利院的每一个角落，也融入了她工作的每一个细节。从孩子们的日常起居到康复训练，从教育引导到心理关怀，每一个环节都承载着她的心血与付出。她用实际行动诠释着无私奉献的真谛，将温暖传递给每一个需要的孩子。在这漫长的岁月里，她早已成为孩子们心中最温暖、最亲切的"袁妈妈"。

勇挑重担，全力守护孤残儿童

　　自踏入南昌市社会福利院的那一刻起，袁承英便成了孩子们心中最坚实的依靠,被大家亲切地称为"福利院的百科全书"。无论是职工还是孩子,遇到问题,第一个想到的便是找"小袁"、找"袁妈妈"。2017年,袁承英被任命为南昌市社会福利院副院长,尽管日常管理工作繁忙,但她始终心怀一份牵挂,常常穿梭于各个部门,为孩子们送去关怀与温暖。工作再忙,她也从不耽误与孩子们的每一次陪伴。下班后,她会去康复中心陪孩子们做游戏,去儿童部见证特需孩子的点滴进步,去青年部聆听残疾青年的心声……院内每一个孩子的情况,她都了如指掌。孩子们见到她,总是兴奋地扑进她的怀里,开心地叫着"袁妈妈、袁妈妈……"每当这时,袁承英的内心满是欣慰与幸福。她常说:"我是真心疼爱这些可爱的孩子,能通过自己的一份爱心,让他们感受到社会的温暖,让他们在充满爱的环境中快乐成长,我无怨无悔。"

冲锋在前，撑起"爱的保护伞"

深夜，明月高悬，南昌SOS儿童村的大楼在月色下显得格外寂静，孩子们早已进入了甜甜的梦乡。然而，一个清瘦娇小的身影仍在办公桌前忙碌着。2021年，因工作调整，袁承英来到了南昌SOS儿童村。为了尽快熟悉儿童村的基本情况，深入了解孩子们的需求，推动儿童村与福利院全面融合，她日夜奋战，埋头苦干至深夜。儿童村内74名儿童的档案资料，被她反复翻阅、仔细研究，累了、困了，她就在桌上趴一会儿。疫情期间，儿童村实行封闭式管理，袁承英又一次冲在了最前线。她连续坚守近2个月，没有回过一次家，整个人都瘦了一大圈。同事们心疼不已，纷纷劝她回去休息，她却总是坚定地说："我放心不下，我要和孩子们在一起。"她忘了自己也是父母的女儿、丈夫的妻子、孩子的母亲。在她心里，儿童村孩子们的安危永远是第一位的。

务实创新，推动儿童福利事业新发展

袁承英不仅给予孩子们无尽的爱与陪伴，更带领团队在儿童养育、救治、教育等领域不断创新。福利院的弃婴救治"关口前移"、双亲式"爱心家庭"模式、康教融合、营养加油站等多项工作，在全国有地位，在全省更是占据首位。然而，袁承英从不满足于此，她深知福利院的优化与转型迫在眉睫。在探索的过程中，她敏锐地发现残障儿童与普通儿童在饮食照料习惯上的差异，于是带领团队以精细化管理、精准化养育为目标，制定了《儿童福利机构饮食照料服务规范》和《儿童福利机构档案管理规范》2项江西省地方标准。其中，《儿童福利机构饮食照料服务规范》作为全国首个针对儿童福利机构饮食照料方面的标准，不仅填补了行业空白，更为全国儿童福利机构提供了科学的指导范本。

袁承英的视野从不局限于福利院内部。她全力推动儿童福利事业的发展，积极促进福利院与社会各界的深度合作，引进先进的康复设备和教学理念，关注孤独症和脑瘫儿童的康复问题。她增设了符合孤独症儿童特点的康复场所，组织人员培训，建立了孤独症儿童康复基地，为孩子们提供有效的干预治疗。不仅如此，她还坚持"开门办院"，将福利院的优质服务向社会困境儿童和家庭延伸，为残障儿童提供免费康复服务和特教服务，让更多的家庭受益。

仁者爱人，用行动传播大爱

作为一名老党员，袁承英始终牢记党的宗旨，带领全院干部职工"带着技能进社区"，积极融入社区群众，为他们办实事、办好事。多年来，她组织党员服务队前往党建结对共建的桃源街道万福园社区、洪崖社区、文教路北社区等，开展志愿服务活动20余次。

身边的感动 Shenbian de Gandong

—— "兴家风、淳民风、正社风" 2024 年度南昌市榜样人物

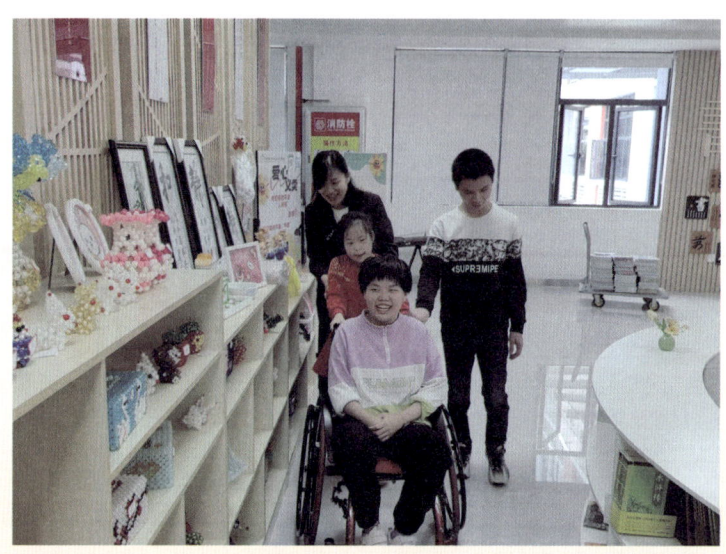

他们为社区居民义务劳动，免费测量血压，传授急救知识，帮扶困难群众，引导文明出行，参与社区文明城市创建，以实际行动践行"我为群众办实事"的理念。袁承英充分发挥福利院在残疾儿童"养治教康"方面的专业优势，组织专业康复团队为社区残疾儿童提供免费康复服务，为家长提供康复技能培训。2024年，团队先后为12户有康复需求的家庭进行康复评估和训练，持续为3名困境家庭儿童开展康复拓展服务，切实提升了困难群众的获得感和幸福感。

扎根一线23载，袁承英无怨无悔地奉献着自己的青春。她怀揣着赤子之心，秉持着大爱之情，始终坚守初心。在这个平凡却充满意义的岗位上，她用爱与温暖为孤残儿童点亮希望的灯塔，用双手为孩子们筑起一个充满爱的港湾。在袁承英身上，我们看到了新时代民政人的奉献与担当。

应强

致敬词

危难之际，好男儿自应强，人心向上，
我们致敬善行无疆的力量。

爱岗敬业护万家灯火
三进火场显"蓝焰"担当
——记"三风"榜样人物应强

应强，男，1989年出生，现为南昌市燃气集团有限公司管网运行部蓝焰突击队抢险员兼车辆设备管理员。他个子不高，却总是站得笔挺，仿佛有一种军人般的坚毅。或许是风吹日晒的缘故，他的脸庞略显黝黑，皮肤干燥，但眼神中却透着一股沉稳与坚定。生活中，他是2个孩子的父亲，言语不多，内敛而低调；工作中，他却如同一名无畏的战士，冲锋在抢险一线，用生命守护着城市的安宁。

"巧匠鲁班"展锋芒

初次相识，一句玩笑话"应强应强，理应很强"，竟让应强在队里收获了"强哥"的称号。而他，也用实际行动证明了这个称号绝非浪得虚名。队里的抢险设备出现故障，他总是第一时间站出来，凭借一双巧手，将问题化繁为简。一次，在彻夜值班后的清晨，大家发现应强不知何时"失踪"

了。经过一番寻找,大家才发现他正蹲在仓库的角落里,眉头微皱,专注地对着一张图纸沉思。他一手拿着铅笔,一手扶着图纸,嘴里还不时念叨着什么,似乎在琢磨如何改进一台打孔机。

接下来的几天,应强穿梭于市场和焊接车间,从琳琅满目的零件中精心挑选,再到火花四溅的焊接现场,他全神贯注,汗水湿透了衣衫也浑然不觉。经过反复调试,一台性能更强、效率更高的新打孔机终于诞生了。当机器启动的那一刻,他脸上露出了欣慰的笑容,仿佛一位艺术家在欣赏自己的杰作。从此,"巧匠鲁班"的称号在队里迅速传开,而应强也成了大家心目中的技术能手。

"火场归来"不改色

应强身上令人敬佩的品质之一,便是他的低调谦逊。他做了很多"惊天动地"的事,却从不张扬,仿佛那些英勇之举只是再平常不过的日常。

一年冬天,一个50多岁的大姐手捧锦旗,带着一串鞭炮来到队里,她眼含热泪,声音颤抖着,激动地向应强表达着感激,感谢他救了自己的哥哥。直到这一刻,大家才知道,原来应强曾在一场火灾中奋不顾身。那天,大姐的哥哥独自在家,屋内堆满了易燃垃圾,

不慎引发火灾。应强和队员们正在附近进行燃气管道维护，听到呼救声，他们毫不犹豫地冲向火场。

第一次冲进去，浓烟滚滚，热浪扑面而来，应强几乎被呛得喘不过气，但他依然坚持用灭火器灭火；第二次，他用湿毛巾捂住口鼻，再次冲进火海，试图控制火势；第三次，他意外发现老人已经晕倒在地，身上的衣服也被点燃。应强用尽全身力气，将老人托起，艰难地走出了火场。如果不是应强足够勇敢，老人恐怕早已凶多吉少。然而，面对众人的赞誉，应强却显得十分腼腆，他挠挠头，脸上泛起一丝红晕，轻声说道："我只是一个普通人，做了应该做的事而已。"

"蓝焰卫士"守平安

对于应强来说，危难之际挺身而出，早已成为一种本能，而这种本能也深深融入了他的职业习惯。他所在的蓝焰突击队由22名专业抢险人员组成，大多是退伍军人。他们身姿矫健，行动敏捷，保持着准军事化的作风。"有险必出，抢险必胜"是他们的口号，也是他们始终如一的行动准则。

在一次次燃气泄漏抢险任务中，应强总是冲在最前面。他那坚定的步伐和果敢的眼神，仿佛在告诉大家："有我在，别怕！"无论是深夜的紧急抢险，还是烈日下的艰苦作业，他总是第一个到达现场，最后一个离开。他和队员们成功消除了一次次燃气泄漏险情，保障了市民的用气安全。在他们的努力下，蓝焰突击队荣获全国青年安全生产示范岗、江西省工人先锋号、江西青年五四奖章集体等多项荣誉。应强用

自己的行动诠释了"蓝焰卫士"的责任与担当,也激励着更多的人投身到这份光荣的事业中去。

"热心强哥"暖人心

应强平时言语不多,但遇事时却激情飞扬,仿佛一团火。用他爱人的话说,他像个"爱管闲事"的大爷。

因为工作性质,蓝焰突击队全年无休,每到节假日,外地的队员总是为不能回家而发愁。应强得知后,总是主动站出来,微笑着说:"放心回家吧,这里有我呢!"队友问他:"那你怎么办?"他爽快地拍拍队友的肩膀,笑着说:"没事,我是本地人。"就这样,逢年过节应强都在值班室度过。

工作之外，应强的热心肠也从未缺席。一次抢险任务结束后，他发现路边一辆私家车正冒着滚滚浓烟。他没有丝毫犹豫，迅速拿起车内的灭火器冲了过去。火势很快被扑灭，而他只是默默地离开，继续踏上回程的路。

应强低调谦逊的品质、勇往直前的精神以及心系他人的热忱，宛如一座精神灯塔，照亮着我们前行的道路，值得我们每一个人去学习与传承。在未来的征程上，应强将继续以不懈的努力和辛勤的汗水，续写属于自己的辉煌篇章。

后记

为深入贯彻落实新时代精神文明建设要求，进一步弘扬时代新风，大力践行社会主义核心价值观，不断提高城市文明程度和市民文明素养，南昌市持续开展"兴家风、淳民风、正社风"榜样人物推荐活动。

《身边的感动——"兴家风、淳民风、正社风"2024年度南昌市榜样人物》一书编选了20位2024年度南昌市"三风"榜样人物的先进事迹。这些榜样人物来自各行各业，是优秀代表和先进典型，他们在家风、民风、社风等方面取得了优异成绩，用实际行动诠释了新时代的道德风尚和精神追求，树立了崇高的榜样，赢得了广大市民的推崇和赞誉。

讲好"三风"榜样人物的故事，不仅是对榜样精神的传承与弘扬，更是对社会主义核心价值观的生动诠释。这些感人的故事，能够深刻触动人心，激发全市人民的道德热情，让崇德向善、见贤思齐成为社会的主流风尚，成为南昌这座城市的精神底色。

本书由南昌市政协党组书记、主席肖玉文担任主编，南昌市政协原党组副书记、副主席樊三宝，市"三风"办主任徐峰、常务副主任赵晓毛、副主任刘绍友、户才斌担任副主编，南昌市直有关部门、单位，南昌市"三风"办，南昌市各县区政协和开发区、管理局政协联络办工作人员参与编写。

由于时间仓促，加之水平有限，在编写过程中难免存在错漏和舛误，恳请读者批评指正。

编者
2025 年 5 月